孤独深处，有你为伴

「幸福原来是一只温暖的小狗」

苏今 著

華中科技大學出版社
http://www.hustp.com
中国·武汉

图书在版编目（CIP）数据

孤独深处，有你为伴：幸福原来是一只温暖的小狗 / 苏今著 .—武汉：华中科技大学出版社，2018.1

ISBN 978-7-5680-3593-4

Ⅰ.①孤… Ⅱ.①苏… Ⅲ.①散文集－中国－当代 Ⅳ.① I267

中国版本图书馆 CIP 数据核字 (2017) 第 326745 号

孤独深处，有你为伴：幸福原来是一只温暖的小狗　　苏　今　著

Gudu Shenchu，You Ni Wei Ban：Xingfu Yuanlai shi yi zhi Wennuan de Xiaogou

策划编辑：饶　静

责任编辑：田金麟

封面设计：颜小曼

责任校对：曾　婷

责任监印：朱　玢

出版发行：华中科技大学出版社（中国·武汉）　电话：(027)81321913

武汉市东湖新技术开发区华工科技园　邮编：430223

录　　排：华中科技大学惠友文印中心

印　　刷：湖北新华印务有限公司

开　　本：880mm×1230mm　1/32

印　　张：5.75　插页：4

字　　数：123 千字

版　　次：2018 年 1 月第 1 版第 1 次印刷

定　　价：36.00 元

“跟我回家好不好？”我在它的耳边问。
它没回答，只是在我腿上蹭了蹭，
我就当它答应了。

从那天开始，影子每次出海都会带着大鲸，
而她的出海次数也变得越来越频繁，
或许因为有了陪伴，乐趣也随之加倍。

“你这么卖力减肥，可是胖胖好像完全不在乎啊。”

有一次我调侃她说。

她目光凌厉地瞥了胖胖一眼，

“不着急，等我减下来，就轮到它了。”

感谢生命中有你相伴，
不管是开心，
还是落寞。

结婚典礼上，
穿着婚纱的大雅，
笑得一脸幸福。

65 岁生日那天，
她收到了一份特别的生日礼物
—— 一只通体雪白的小狗。

序

幸福原来是一只温暖的小狗

在生活中，越来越多的人选择和宠物为伴。它或许代表着最纯粹的社交，和最忠诚的陪伴。

如果你不曾与一只宠物朝夕相伴，那么你永远不会懂得人与宠物间的依恋。

我也不懂，直到我养了一只哈士奇。

那天在雨中，它的眼神闪烁不定，我带它回家，给它取名叫“小二”。后来，它陪我走过了许多条路，伴我度过了许多时光，也咬碎了我许多双拖鞋。

再后来，我长成了妙龄女郎，它变成了“绝世傻狗”。

但我非常庆幸，即使它是一条傻狗，但最终我选择了眼神闪烁的它，又或许说，是它在茫茫人海中选择了我。

我再也没有养过别的狗。

有时候，我们会凭自己的主观意识去判断狗的心情和想法。但我们并不真的懂它们是忧伤还是快乐，是饱还是饿。可神奇的是，它们却懂我们是悲伤、难过，还是快乐。它们就像单纯的孩子，即使我们不懂它们，它们依然爱着我们。

我想，我们爱的也许不仅仅是这种可爱的宠物，而是狗狗们爱着、相信着，并依赖着我们的心意。又或许，我们爱的是那和自己有几分相像，却更单纯可爱的灵魂。

如果你信仰自然，狗就是大自然给你的馈赠，让你看到前方的路上有最忠诚的陪伴。

如果你信仰上帝，狗就是上帝赐予你的礼物，让你在寒冷的冬天有一个温暖的陪伴。

作为主人，我们的时间很长，也许这一生，我们会拥有许多只狗。但作为一只狗，它们的一生，却只爱着一个人。

走路时，也许你会想起狗曾在脚下绕圈奔跑的情景；开车时，也许你会想起狗将头伸出窗外，傻里傻气的样子；孤单时，也许你会想起狗安静地趴在自己身边或怀里的样子。你也许还会想起它雨天出门后满身泥泞、闹脾气时瞪眼躲避、讨好主人时摇头摆尾傻笑的样子……

如果你现在还拥有它，请好好珍惜，这将是你弥足珍贵的记忆。如果你已经失去了它，就让它在你心里占有一席之地，只要你还记得，它就永远属于你。

故事，是为了留下感动，帮你反复回忆，不忘记，永珍惜。

目录

CONTENTS

第 1 话

君生我未生，我老君未老

“单身狗”与单身的狗

那些年，你教会我的事

来自星星的你

史努比梦游仙境

“单身狗”与单身的狗

与小二的相遇很奇妙。

记得那曾是个有些缠绵的雨季，我刚刚辞职了半个月，正处于人生最迷茫的时期。

那曾是我的第一份工作，是我离开学校走向社会迈入的第一道大门，我在校园招聘会上与这份工作看对了眼，从此与它开始了一场长达两年的拉锯战。

工作不是谈恋爱，谈恋爱的时候，双方觉得不合适了，能好聚好散。可工作不一样，当你发现这家公司不那么适合你的时候，你可能无法轻易离开，你得将你负责的部分进行到底，你得仔细考虑接下来的职场规划，你还得保证在找到下一份工作之前不至于因为穷困潦倒而饿肚子，或者因为没钱付房租而只能睡大街。

所以，虽然那份工作在我做了三个月时就觉得不适合，但我还是一直留在那家公司里，一直留了两年。

可以说，我是因为懒惰才得过且过。但也可以说，我是个对自己的岗位充满责任心的人，至少我自己就这么想。

总而言之，到了我在这家公司做满整整两年的时候，我找到了一个刚从大学毕业，如两年前的我一样单纯天真的学弟接替我的岗位，并且正式递交了辞职书。

那个学弟有点伤心，他是那种戴着眼镜、喜欢《火影忍者》《银魂》的典型“宅男”。我觉得他很喜欢我，当然只是纯洁的前后辈之间的那种喜欢。我吃了不少他女朋友专门给他做的饼干，真的很不好意思。

顺便说一句，那饼干可真好吃啊。

不论如何，我离开了这家公司。忘了提，在离开这家公司的三个月前，我的男朋友正式向我提出了分手。他是个很优秀的男孩子，但我觉得离开我是他的损失。虽然我在分手后的那段时间里体重轻了近二十斤，连游戏都打不下去，可我相信他一定比我还要伤心，毕竟他放弃了可能是世界上最体贴的女人。这样想，我会好受一点。

失去了工作，失去了恋人，或许连老天爷都看不过去了，在我辞职之后不到一周，雨季提前到来。

那时候，我的心里也在下着一场雨。

我没把辞职这件事告诉家里的人，怕他们担心。每天在自己的出租屋里看电视剧和电影，我重温了一遍《老友记》，顺便还背了几个单词。没有工作也就没有了生活的动力，房间里堆满了待洗的衣服和坏掉的食物，幸好那段时间没人来我家，否则不论谁走进来，都会被熏得晕过去。

那大概是我毕业后最糟糕的一段日子。

接替我工作的那个学弟经常发消息给我，主要是想来看看我，和我出去喝几杯。他问我具体住在哪，我没告诉他。他说在我的桌子下面找到了那个我找了很久的充电宝，我说："送你了，不用客气。"发出这些文字的时候，我觉得自己内心住着一个云淡风轻的侠士。

这场雨季持续了很久，感谢这绵绵不绝的雨，让我有了完全正当的理由可以从早到晚赖在床上。

但是如果一直窝在房间里，我怕自己身上真的会发霉。

尤其是天气还这样潮湿。

于是，就在我浑浑噩噩度过了两周多的某一天，看到天空湛蓝如洗，我决定出去走一走。

我从箱子里翻出了两件干净衣服，匆忙冲了个澡，带上手机、钥匙和钱包离开了房间，离开了这个忍受了我两周多的地方。

我先是找个路边摊吃了顿面条，接着坐上公交，去了一个比较远的公园。我的出租屋附近也有公园，但我不是想逛公园，只是想要走远一些。

我躺在公园的长凳上晒着太阳，呼吸着清新的空气，看着身边来来往往的人们，有遛狗的人，有散步的人，也有放风筝的人。至于我，大概是“遛心情”的人。

中午，我去公园门口买了个手抓饼，边吃边坐上回程的公交。

我看着街上的行人们，天色似乎越来越阴沉了。

渐渐地，我看到有雨点落在了车窗上。

这雨季只是做了稍稍的喘息，便又开始了滋润大地的行动。

公交到站，我下车，刚好赶上雨势突然变大。

当然，我没带雨伞。

我匆匆奔跑着，这里距离我的出租屋还有十分钟路程，我知道浑身湿透已经无法避免了。

于是，这一天从我连日来最舒心的一天，变成了最沮丧的一天。我十分后悔为什么我没选择躺在床上看完《疑犯追踪》。

快到家的时候，雨势已经渐渐转小，我的脚步也放慢下来。这时候的街上已经一个人都没有了，而我的注意力被前方的一个小东西吸引住了。

那个小东西也在望着我。

我走过去，看到那是一只同样浑身湿透的哈士奇。

一直觉得哈士奇这种狗非常奇特，时常散发出与别的狗不同的魅力，总觉得它们对人类不怀好意。那个接替我工作的小学弟养了一只金毛，非常威风，我也当时很想养只类似的金毛。所以当看到这只哈士奇时，我决定无视它继续向前走。

但它始终看着我，不论我如何移动，它那双眼睛都紧盯着我。

我停下了脚步。

它的身后是一个公交牌，天上正下着雨，我们两个“落汤鸡”是这条街上仅有的两个生物。我们就这么站在那里，面面相觑，如果不是雨水始终拍打着我的后背，我会觉得世界在这一刻已经静止下来了。

它看着我，我说不出它的眼神透露出的是怎样一种情绪，那似乎是期待，似乎是悲伤，似乎是无助，又似乎是退缩。

雨已经把它的毛都淋湿了，但从那长短不齐的杂乱毛皮上，从那不知何时被擦伤还透着红色的小腿上，从那张略显悲伤的脸上，我猜测它可能是一个被丢弃的小生命。

它仍盯着我不放。

在它的双眼中，我看到了我自己。

那一瞬间，我产生了一种奇怪的感觉，似乎自己与眼前这个小生命联系到了一起，似乎这场雨中相遇是命中注定。

我走过去，在它的面前蹲下了身，伸手在它头上拍了拍，它顺从地把头放在了我的腿上。

一股暖流从腿上一直传到我的心里，明明我浑身都是湿透的，可此时却丝毫感觉不到寒冷了。

“跟我回家好不好？”我在它的耳边问。

它没回答，只是在我腿上蹭了蹭，我就当是它答应了。

我抱着它回到了出租房。

打开房门的那一刻，我无比庆幸自己始终没答应学弟来我家拜访的要求，如果他真的来了，说不定我就要替他去叫救护车。

屋里太臭了。

我低头看了看脚边的小东西，它好像没受到味道的影响，只是抬头望着我，似乎在询问我，它可不可以进到屋子里去。

我觉得自己就像个混蛋。

我收留了一只小狗，却只能给它与流浪汉没什么区别的生活。

我带它进屋，并直接把它抱到了床上。接着，我开始做一件我半个多月以来始终没做过的事情：打扫房间。

我从来没意识到打扫房间是如此艰难的一件事，不仅仅是因为我的房间里已经积累了半个多月的垃圾，还因为有一个捣乱分子在时刻破坏着我的劳动成果。

没错，这只哈士奇当然不会老老实实待在床上。它像是个第一次来到公园的小孩子一样，在房间里绕来绕去，看看这个看看那个，撞倒这个摔碎那个。初次相识，我不想让它觉得自己是个很粗暴的人，所以不论它怎样破坏，我都忍了下来。我十分敬佩自己的忍耐力。

我用手机播放着大卫·鲍威的摇滚乐，在一次又一次把它抱回到床上的过程中，我把房间里的东西该扔的扔，该丢洗衣机的丢洗衣机，该刷的刷。我从中午一直忙碌到黄昏，终于，这个房间恢复了原本的整洁。

但工作远远没有结束，我又带着它去浴室，给它做了一次从头到脚的清洗。它大概不理解为什么在经历了雨水的折磨之后，我还要如此残忍地对待它，在清洗的过程中，它始终发出令人心碎的哀鸣。

是啊，我是个很糟糕的主人，但既然你已经来到了我的世界，那就请你忍耐忍耐吧。

我不小心碰到了它的伤口，它浑身迅速抖了一下。看样子它受的伤比看起来要深得多，我一边说着对不起，一遍继续冷酷无情地把它身上的沐浴露冲洗干净。

我的浴室内还留着前男友的吹风机，我一直都没有再用，没想到有朝一日它能再次派上用场。我吹干了它身上的毛，并把它带回到我刚换了新床单的床上。

或许是已经累坏了，或许它已经很久没有遇到一个舒适的环境，它很快在我的床上进入了梦乡。

窗外的雨终于停下来了，西边的天空已经出现大片火烧云。我不知道这是否意味着雨季结束，但至少明天能是一个大晴天。

金黄色的光线透过窗玻璃照到房间的地板和床上，温暖的阳光爬上它的身体，一些尚未被吹干的水珠闪动着金色的光芒。

整个世界仿佛都变得柔和了。

那一刻，我忽然意识到，自己晚上大概得睡沙发。

第二天，我带着它去了宠物医院，重点处理它腿上的伤口。医生说这伤口很深，并且已经有发炎的迹象，如果不及时处理很可能会引起病变。

在医生给它处理伤口的时候，我去附近的商店买了狗窝、食盆等一系列宠物用品。到了晚上，我终于夺回了床的主权。

它对此颇有异议，显然，它已经爱上了我的床。但是抱歉，我觉得这世上有些东西是绝对不能拱手让人的，比如男朋友，比如床。

我已经没了男朋友，不能再失去我的床。

几天后，我又去办了领养程序。这过程有点麻烦，好在我有在这方面颇有门路的同学，为此我特地请这同学吃了顿海鲜。

当一切尘埃落定，我便开始了与它共同生活的日子。

我给它取名为小二。首先因为它是一只哈士奇，其次因为在呼唤它的时候我有一种身在江湖酒馆的错觉，非常有武侠感。

本来我的存款足够我支撑一年，本以为多了小二也不会有太大影响，但事实证明我错了。光是买狗粮就是一笔不小的开销，再加上给它定期体检、定期打疫苗的花费，我发现，养小二竟然比谈恋爱花销还要大！

没办法，为了我们一人一狗的生活能够继续，我必须得结束目前的颓废生活，找一份新工作。

我丢掉旧工作的最大原因是处理不好公司内的人际关系，要找新工作，那我必须要慎重选择公司，绝对不能再如当初大学毕业时那样草率。我联系了同学，又参加了几次面试，最后，我选择了一个由我的几个大学同学一起创业开的互联网公司。

这个公司目前仍然处于初创期，谁都不知道能走多远，但难得的是大家还保有学生时代的热情，坚持对梦想的追求。

前公司的学弟还在不停给我发消息，我觉得我不应该继续拒绝他，我应该直接去他的家里拜访。他家里应该有很多他女朋友做的饼干，那是我这个“单身狗”和我身边这个单身的狗吃不到的人间美味。

而且他的金毛真的超级帅，我应该让小二见识见识真正的帅哥是什么样子的。

日子进入了另一种光景。

一年前，我从未想过自己会成为一个生活态度积极、健康的人。

但现在，我每天早睡早起，坚持晨练，认真生活。

我真的成了前男友期望中的样子，可惜此时的我却不再是他的女朋友。所以我说，离开我是他的损失。当然，可能现在就算他看到我的改变也毫不在意，可能他早已把我从他的生活中彻底剔除，但我还是可以设想一下他对离开我这件事的痛心疾首乃至懊悔万分。

都说恋爱能改变一个人，但我的恋爱没能改变我，他在我最孤独的时候离开了我。这或许是我们两个的问题，又或者仅仅是因为缘分不够。但有趣的是，一只平凡无奇的哈士奇却改变了我。

那时，我单身，我的小二也是单身，我们这一对“单身狗”通过一场邂逅让彼此的生活都进入了平稳的轨道。或许，这也是一种缘分吧。

所以说，缘分真的很美妙。

那些年，你教会我的事

美子是个很有意思的人。

我喜欢叫他美子，但这不是他的小名，他的大名里也没有美这个字，我这么叫纯粹是因为他长得美。美子这个名字无论怎么听都带着一种日式味道，就连女生叫这个名字都会让人觉得很怪异，男生更是。试想一下，一个二十多岁的大小伙子被人叫美子，怎么听都给人一种性别错乱的纠结感。美子为此也“反抗”了好几次，但因为我的执着，他渐渐也就习惯了。

我总是很欣赏美好的事物，比如美子，比如美子养的那只威武的金毛。

美子就是我在前公司带过的那个小学弟，虽然我离开了前公司，但与他的友情却保留了下来。我认为这其中很大的原因是出于他对我的崇拜，我在他的面前有一种光环，大概因为我是他离开学校后遇到的第一个与他真诚相待的前辈吧。

在我养小二的过程里，美子没少过来帮忙，还经常带着他的金毛来，美其名曰要让两只狗建立伟大的友谊，帮助小二走出被抛弃的阴霾。

说实话我没觉得小二心里有什么阴霾，它在我这里每天吃好睡好，心情舒畅。我怀疑它从前的日子过得也不糟糕，我能捡到它说不定只是因为它的前主人不小心弄丢了它。

但美子还是坚持带他的金毛过来慰问我的小二，我也十分欢迎。因为我实在太喜欢他的那只金毛了，这种心情大概就跟父母们看别人家的孩子时差不多吧。

美子带我加入了同城的狗友会，每周大家都会聚会，那时大家会讲讲各自跟狗狗之间的故事。

我的故事很简单，说出来只是些生活中琐碎而温馨的鸡毛蒜皮。随着参加聚会次数的增多，我渐渐理清了美子与他的金毛犬之间的故事。

这只金毛，对美子来说意义有点特别，它是美子的前女友留给他的。

当年美子认识他前女友的时候，他在读大一，前女友在读大三，这是个狗血的姐弟恋故事。有阵子校园里很流行养小宠物，美子前女友也买了一只小金毛，但养宠物这件事与一切爱好的性质都差不多，有的人能轻易上手，有的人就是一窍不通。

美子的前女友就是后者。

前女友只养了金毛三天。三天后，她再也无法忍受总是被搞得一团糟的卧室，和充斥在她生活中的狗叫声和排泄物了，她把金毛送给了美子养，美子把它当作是维系两人感情的纽带。

女友到了大四，开始忙着找工作，没时间陪美子。美子只能安心学习，安心养狗，在这只可爱的金毛身上寄托他对女朋友的思念。

都说宠物似主人，随着金毛的长大，它却开始 “跑偏”了。美子和美子的前女友都不是高冷的人，但金毛却看起来十分“禁欲系”，美子的朋友时常看着金毛说：“如果它是个人，一定是个标准的精英男。”确实，金毛高大的身形和“冷峻”的面庞，总给人一种距离感，但也因此让它变得越来越有气质，光是站在那里就显得与众不同。

前女友工作不久之后就跟美子提出了分手。

美子将所有与前女友相关的东西都处理掉了，唯独留下了这只金毛，好在前女友也完全没有想要回金毛的意思。美子觉得可笑又可悲，他本以为这只金毛算是与前女友之间爱情的纽带，但到头来才发现对方根本没把它放在心上，或许也没把他放在心上。

他开始了与金毛相依为命的生活，一个人，一只狗。

到了毕业的时候，美子有点心理障碍，需要养家糊口的压力感，以及他想到离开校园后的前女友的转变，这些让他对未来充满了忐忑。

那一天，天色暗沉沉的，美子带着狗去公园散步，他的手机不停收到新的邮件，多数是来自公司的面试通知。美子已经忘记自己投出了多少份简历，他只是机械地做着每一个同学正在做的事情，对于找工作这件事，他知道不可避免，却又希望可以逃避片刻。

他坐在公园的长凳上，金毛坐在他的身边，他摸了摸金毛的头，金毛则乖巧地靠在他的身上。

“我会变成什么样子呢？”美子看着金毛清澈的双眼，金毛像是听懂了他的话一样，目光深邃地看着他。

社会或许很复杂，美子想起前女友在学校里时是那样浪漫而美好，以前的她总喜欢穿一身白色的连衣裙，笑起来有两个浅浅的梨涡。可毕业不到一年，她讲话的声音就开始变得尖锐刺耳，那个原本与世无争的她开始抱怨人事纠纷，陷入复杂的职场生活中。

美子知道自己有点矫情了，他并不是不懂人情世故，并不是不知道世道艰难。他只是不希望变成自己以前最讨厌的样子，只是希望能永远留住初心。

到了黄昏时分，原本阴暗的天忽然开始放晴了，天边出现了火红的云彩，美子带着金毛开始往回走。

因前一天夜里下过雨，白日里天又始终阴着，所以地上有许多积水，有的地方还有泥坑，美子与金毛在散步的时候会小心避开那些积水和泥坑，以免鞋子被弄脏。

离开公园后，他们沿着路边向前走，前方有一个很大很深的水坑，坑里都是污泥。美子在来时就注意到那个水坑，往回走时自然也格外留心。

他们正打算从水坑旁边绕过去，这时一辆车突然从他们的身边飞驰而过，只听“哗啦”一声，掺着污泥的水花飞溅，甚至飞进了美子的嘴里。

“我呸呸呸！”美子连忙吐出嘴里的污泥，他觉得自己真是倒了大霉，大声骂了几句那个开车的司机。然而那辆车早已离开视线，他只能认栽。

美子沮丧地低下头，看到自己满身的污泥，他满心愤慨无处可撒，只能狠狠在地上踢了一脚。

他看了看脚旁的金毛，它的状况比他更糟，毕竟它的个子矮，大部分污泥都落在了它的身上。但金毛不像美子那样气急败坏，它只是淡定地甩了甩身上的泥，抬头看了一眼美子，继续向前走。

美子愣了愣，很快追了上去，沮丧地向金毛道了个歉。

“抱歉，没看到那车过来，最近几天我的精神都很恍惚。”

金毛只是继续朝前走，步子沉稳，丝毫没因为身上的污泥而沮丧，仿佛刚刚的遭遇完全与它无关。

美子想起过去的日子里，金毛也总是这样。有时候美子会带着金毛去爬山，它的身上经常粘了满身的树叶或各种绒毛，可威风从来没因为这些东西而减少半分。

金色的阳光洒在积水的地面上，波光粼粼，金毛身上的泥水也在阳光下泛着炫目的光芒。当美子看着金毛时，他有点睁不开眼睛。

他看着金毛从一只小狗崽一点点长大，多数时间里，他在忙着学习，忙着毕业，忙着找工作，尽管对金毛照顾有加，却很少认真观察过这个日夜陪伴他的朋友。而此时此刻，他忽然发觉，金毛已经变成了一只出色的帅犬。

社会的确复杂，许多人随波逐流，可这并不代表你就不能坚持自己。

检验一个人的，有时候不是困苦，不是逆境，而是生活的丝丝浸透。就如同过那泥坑，任何一个走过泥坑的人都很难保持干净，更别说一不小心，汽车驶过，所有污泥都直接向你而来。这种时候，大多数人选择沮丧，选择气急败坏。但也有人，如金毛一样，选择即便满身污泥，仍然保持自己的风度翩翩，仍然保持昂扬的精神面貌。

美子来到金毛的身旁，与它并肩而行。

“谢谢你，我懂了。”

美子知道，金毛不明白他说的是什么意思，也不懂他的心里在想些什么，但那不重要。

来我的前公司时美子刚毕业不久，但那并不是他的第一份工作，他的第一份工作是在一家企业做销售。其实他大学学的专业是信息技术，销售这个行业跟他的专业有点不搭，不过他想在确定自己的人生方向之前先锻炼自己，而他认为销售这个职业是最锻炼人的。

于是，他从一个只喜欢与计算机打交道的IT小青年，变成了一个有能力与各种人打交道的销售员。

他似乎变得越来越圆滑了，但他知道，他还保留着自己心底的坚持。

那时候，他的销售业绩很好。很多客户私下里都说他与其他销售员不一样，他能说会道，但足够真诚，保留着自己的底线。

每天黄昏他都会带着金毛去公园跑步，后来，在那个公园，他遇到了一个女孩。那天女孩坐在长椅上喂她的小狗，金毛停下来远远看着她和那只小狗，还有小狗吃的饼干。

女孩热情地招呼金毛过去，金毛起初有点犹豫，在得到美子的认可后，它欢快地跑了过去，吃了女孩递给它的饼干。

美子与女孩就这样相识了，几个月后，他们成了一对恋人。

女孩是一家外企的总经理助理，美子本以为这个职位的人都会干练中带着些许圆滑，但她身上却透着朴实和善良。

与她的相遇更让美子明白，原来外界环境并不一定会改变一个人，最重要的是你的内心是否足够坚定。

美子常常觉得，也许金毛真的是他的“命中贵狗”。它不仅给了他前行的动力，教会了他如何在社会中生存，更让他遇到了他想共度一生的人。

每一次，当美子说起他与金毛之间的种种趣事时，他总是会用一种宠溺的目光看着它。我一直都不大相信一只狗能有多么深刻的智慧，我觉得美子的感悟和他的执着都源于他自身。但是，谁知道呢，也许即便没有金毛，美子也会成为一个优秀的人，但正因为金毛的存在，才使得美子的一切努力都有了更丰富的意义。

来自星星的你

樱桃总觉得她的毛球是从外星来的。

樱桃是那种爱幻想的女孩子，小时候觉得自己是美少女战士，或许哪一天夜礼服假面会从天而降，将她接走；青春期时觉得自己是灰姑娘，总有一天王子会出现并爱上她；到了二十多岁，仍然相信世界上充满各种神奇的难以解释的现象。

所以她会钻研塔罗牌，不是随便玩玩，而是真的相信这些纸牌连接着命运。她还相信星座，经常会研究那些星座大师们的文章。她还相信有外星人的存在，相信那些神奇的力量，相信人类不是地球上唯一的智慧生物。

她开着一家美甲店，店面很小，赚得也不多，但足够养活自己和她的毛球。

她的毛球是只比熊犬，一身白毛，坐在那里就像只毛球。没别的优点，就是会卖萌，每一次闯了祸，只要卖个萌，樱桃就什么脾气都没有了。

所以樱桃始终觉得毛球是天外来客,想用它的可爱来征服人类。

她觉得自己已经被征服了,至于毛球为什么还没有下一步动作,她说可能是因为毛球在放长线。

“总有一天，我会搞清楚它的真正目的是什么。”

每次说起这个，樱桃的语气都是斩钉截铁，我觉得樱桃是真的相信自己的话。

樱桃的美甲店不怎么忙，平时她总是早早就关了店，要么回家宅着，要么出门遛狗。她很喜欢在朋友圈里发她跟毛球相处的点滴，配词总是给毛球加很多的戏，比如“今天人类仍然没有发觉我的最终目的”，“我要‘脑控’人类，让她给我买个漂亮的房子”之类的。

认识樱桃是在同城狗友会上，她说自己同时参加了好几个狗友会，什么时候有时间就加入哪个聚会。

我挺喜欢樱桃这样的人，她单纯，脑子里有一堆天马行空的幻想。虽然她总说她的毛球是个外星人，却从来都没亏待过这个“外星人”。用她的话说，就是明知这是场“阴谋”，但她却心甘情愿投入其中。

不过，这些都只是在我认识樱桃的前三个月内对她与毛球的了解。三个月后的某一天，在狗友会上，当大家再次开起毛球是“外星人”的玩笑时，樱桃却阻止大家说下去。

“不准再说我的毛球是外星人，它是全世界最可爱的宝贝。”

我们有点惊讶，于是她给我们讲了一个不久前刚发生的故事。

那天樱桃正在她的店里给客人做美甲，毛球趴在椅子下面睡觉。那个指甲款式有点复杂，樱桃做了很久。她把接触过的每一根手指都当作未加工的艺术品，而她的工作就是完成这件艺术品。

不知过了多久，当客人带着满意的神情离开店门，樱桃的心中充满了成就感。下一刻，她想要抱起椅子下面的毛球，却发现毛球根本不在那里。

她有点慌了，开始四处寻找毛球的身影。毛球身形不大，可能藏在某一个角落，樱桃到处翻找，一边找一边大声呼喊，然而她的呼喊只能获得空荡的回音。

店内正飘荡着低沉的歌声，那歌声在平时有令人精神舒缓的功效，此时听起来却如同丧歌一般。她满头都是汗，觉得自己这辈子都没这样着急过。

她翻开一个又一个椅垫，打开一个又一个柜子，翻找了将近一个多小时，连生意也拒绝做。最终，她颓然地坐在座位上，接受了一个现实，那就是，她的毛球失踪了。

她的弱小的毛球，就这样离开了她。

“你不是宇宙派来陪伴我的吗？怎么能说离开就离开了呢？你

是不要我了吗？可是你一个人在外面，没有我你可怎么办呢？”樱桃不由得紧张起来。

她开始到处张贴寻狗启事，在朋友圈发求助信息，可是不论她怎样努力，不论朋友们怎样积极帮忙，她还是没有找到半点线索。

樱桃终于明白失去了孩子的父母是怎样一种心情。

那真的是撕心裂肺，仿佛整个世界都塌掉了。

很多时候，直到失去后，你才会明白一件东西的重要性。她一边到处寻找毛球，一边回顾与毛球之间的点点滴滴。

她与毛球相处只有一年多的时间，这一年里，她的生活几乎被毛球占领了，平时来往的都是狗友会上的人。她是个外地人，在这个城市里独自打拼，孤单无助。

她是这城市中最普通的那一类人，过着最普通的日子，没有什么遥远的念想，人生唯一的目标就是某天遇到个她喜欢同时也喜欢她的人，然后结婚生子，继续过着简单的生活。

对樱桃来说，这种人生是最稳妥的。

她给自己编织了一个外星人被人类供养的童话，是因为这个童话能让简单的生活变得充满趣味。

而毛球也的确是充满趣味的，它总是能给樱桃带来许许多多的感动。

樱桃翻看从前的照片，她看到某次他们一起吃寿司，毛球弄得嘴边全都是米粒，樱桃则在一旁大笑。

其实那天樱桃的心情并不好，她遇到了吹毛求疵的顾客，那个顾客差点与她吵起来，只是因为樱桃在做美甲的时候打了个呵欠。

谁不会打呵欠呢？可那个客户偏偏就认为樱桃不尊重她，因此拒绝付钱。樱桃知道打呵欠可能只是个借口，事实是这个顾客不想给钱。樱桃不喜欢争吵，她不但免了这个顾客的单，还送了顾客一瓶指甲油。

她知道自己的行为太窝囊了，那天她早早关了店，带着毛球去附近一家日本料理店买了份寿司，打包拿回家，跟它一起吃。

毛球并不喜欢吃寿司，可每次樱桃心情不好的时候，它都会陪着她一起吃。重点不是吃寿司，重点是他们拥有彼此的陪伴。

但毛球又实在不喜欢吃寿司，所以它会把寿司里面的肉挑出来吃，剩下的扔掉。在挑肉的过程中，它弄得满嘴都是米粒，惹得樱桃哈哈大笑。

樱桃看着这张照片，想起了当时的场景，她想到那时候不论自己心情多糟糕，只要看到毛球，就觉得一切都算不了什么。然而此时，毛球已经不在她的身边。

原来她的生活是如此脆弱，脆弱到不堪一击，脆弱到毛球已经成了她唯一的救命稻草。

樱桃是在一个宠物市场上遇到毛球的，几乎是鬼使神差一般，她一眼就相中了它，后来她总说是因为毛球用它的“外星人”技术“脑控”了她。

从那天开始，樱桃就开始了与毛球共同生活的日子。

樱桃曾经因为自己不被别人理解而苦恼，后来她发现自己与毛球之间的默契几乎是与生俱来，他们仿佛从相识的那一刻起就已经能了解对方，他们一起玩耍，一起嬉闹，一起哭，一起笑。

毛球仿佛了解樱桃的一切脾性，而樱桃也总是能知道毛球需要什么。这种感觉真好。

每一个人都有追求自己想要的生活的权利，樱桃追求的就是平平淡淡的生活，她的父母无法接受这样的她，她的同学朋友们也无法认可这样的她，只有比熊犬理解她，至少她这样认为。

可此时它离开了。她翻看着朋友圈里的照片，心里很失落，巨大的孤独感侵袭着她。

当你习惯了温馨，便再难忍受孤独的境地。

如果毛球真的是什么天外来客，如果毛球真的是有目的的，樱桃想，那么它的目的大概就是陪伴她行走人间，带给她温馨与快乐。

毛球离开樱桃足足有三天。这三天里，樱桃担惊受怕，她害怕毛球饿肚子，更害怕毛球出什么意外。她只希望奇迹能出现，毛球会突然回到自己身边。

到了第四天，忽然有人打她的电话，问她是不是有只白色的比熊犬。

毛球丢失后，樱桃无心工作，始终没有去店里，她只在店门口贴了张告示，留下了她的电话，说有事可以打这个电话。

打电话的人是三天前在她店里做过美甲的顾客。这个顾客在离店后发现一只比熊犬正跟着自己，她不知道这只比熊犬是从哪来的，就把它带回了家，同时张贴启事寻找主人。

她们都没有看到对方的启事，直到三天后这个顾客才猜测这个比熊犬也许与她三天前做过美甲的店有关，于是拨通了樱桃的电话。

当重新看到毛球，樱桃激动得立刻哭了出来。她对收留了毛球三天的好心人连声道谢，并把毛球牢牢抱在怀中，发誓再也不要失去它。

那天她在朋友圈发了一张自己与毛球重逢的照片，配词是：“来自星星的你，我真怕你再回到群星中去。”

是的，她仍然认为自己的毛球是个外星人。

但她却不允许大家再开毛球是外星人的玩笑。

因为她害怕如果大家都知道了这个“真相”，毛球就真的会回到太空中去，所以她要大家都为她保守住这个秘密。

我始终无法确定樱桃到底是认真的，还是只是把这种故事当作生活的调味剂。我唯一能确定的是，樱桃真的很爱她的毛球，毛球也真的爱自己的主人，这就足够了。

史努比梦游仙境

小米养了一只猎兔犬，棕黄色的花斑，雪白色的四肢，很是好看。

小米是个画手，平时的工作就是给人画图，他自己也在网站上连载漫画，虽然点击率不算高，但也小有名气。

或许因为他总是在晚上工作，白天睡觉，同城的狗友聚会时他很少出现，所以我都不知道狗友会中还有这么一号人。

“小米是个画家。”

第一次见到小米时，别人是这么向我介绍他的。

我当时不以为然，觉得“画家”这个词还是谨慎使用的好，一个画漫画的，与画家的名头差得还是远了点。

我没有贬低漫画家的意思，相反，我有几个特别喜欢的漫画家。一个好的漫画家通常不仅画工高超，还很会讲故事，所以我很好奇小米的漫画都在讲什么故事。

“都是些青春爱情故事，现在只有这个题材有人看。”当被问起时，小米这么跟我说。

“《加菲猫的幸福生活》就没人看了么？”我问。

“有啊，但不是每个人都能画好一只在万恶的资本主义社会中愉快生活的肥猫的故事。”

我笑了，觉得这个小米挺有趣的。

小米养的这只猎兔犬名叫史努比。他告诉我，史努比的原型就是猎兔犬。

“你可以试着画画你的史努比的故事啊。”我建议他。

“史努比已经有自己的漫画系列了，我画了就是抄袭。”

好吧，我忽略了这一点。

不过，史努比这名字又不是被买断了，谁还不能画只名字也叫史努比的狗呢？

从那天起，我开始关注小米的漫画，尤其是想寻找他的漫画里有没有史努比的影子。

不过我并不是小米的忠实粉丝。他的漫画，很不客气地说，其实有点无聊，画工还算不错，但缺了点自己的特色，而故事平淡无奇，情节太老套，不够曲折，难怪点击率不高了。

如果能经常见到小米，我一定给他提出许多有用的建议，可惜他很少出现在狗友会。

他的漫画我也没刻意去追，只是偶尔会看一眼。

直到某天，我忽然发现他的漫画点击率变高了。点进他的主页后，我看到他连载了一篇新的漫画，名字叫做《史努比梦游仙境》。

我不禁笑了起来，这位小米同学，终究还是采纳了我这个只见过一次的“狗友”的建议，开始用他的史努比做主角了，只是不知道是什么让他改变了主意。

可看了漫画之后，我发觉自己错了。

这个名叫《史努比梦游仙境》的漫画主人公根本就不是一只狗，而是一个十几岁的男孩子！

好吧，仍然是青春男女的故事，还用着他爱狗的名字。我突然有点失望。

然而，真正看了这个漫画后，我发现它十分有趣。它说的是一个名叫史努比的男孩子，每一次当他睡着做梦，都会来到某个奇异的空间，每一次的空间都不同，但彼此之间又存在着某种联系，史努比需要寻找梦中的线索，进而探索仙境的奥秘。

这个故事与青春有关，有友情，有懵懂中的爱情，有冒险，还有悬念，它很快成为网站上点击率最高的漫画。

再次见到小米时，他还是同上次一样，穿着宽松的浅色外套，带着他的史努比，与大家一起交流养狗心得。

大家都在聊狗，聊自己的生活，但没人谈起小米的新漫画，我开始怀疑这里只有我经常关注小米的漫画。聊了半天之后，我还是没忍住，开口问小米为什么画了这样一个漫画故事。

“你竟然看了！”小米很开心，“我以为你们对我的漫画不感兴趣呢。”

的确不感兴趣，我在心里说，但是除了最新的这一篇。

“是史努比给我的灵感。”小米说，“前些日子我觉得自己的灵感有些枯竭，开始想该怎么发展些新的故事。可是我的生活很简单，没有什么东西可以激发我的灵感，这时候我看到了史努比，就想画一个以它为主的漫画。”

“这样的漫画已经有了啊。”

“没错，所以我决定把史努比变成一个小男孩，这个小男孩既是史努比，也是我。虽然我的生活简单，但我的想象力不简单啊！”

说到这里，小米有些骄傲地笑了笑。

“然后我想起，每天早晨，当我看到史努比时，都会有些新发现。比如它的身上有时候会沾上面包屑，我就好奇这些面包屑是从哪来的；有时候我发现它身上有伤，我又好奇伤是怎么来的。”

“这些新发现就是你每一章的灵感。”我说。

“没错。”小米开心地看着史努比，“我从来都没想过，原来我的‘缪斯’就在身边。每当我苦恼今天该画什么的时候，只要看到史努比，就有了主意。现在它不仅仅是我的宠物，更是我的灵感来源。”

其实养宠物是一个相互的过程。在这个过程里，我们也通过宠物获得了许多无可取代的东西。小米对此一定深有体会。

大概几周之后，我在朋友圈里看到小米发消息说他要出书了，这本书的名字便是《史努比梦游仙境》。据说因为这个漫画在网站上的点击率很高，所以很快便有出版社愿意为他出版，这是个很好的起点。

再次见到小米，是在他的书出版一个月之后。他给自己放了个假，有了更多的时间，参加狗友会的活动也变得积极了很多。

在狗友会上，大家都恭喜小米能出书，但更关心的还是史努比接下来的日子，毕竟，小米能出书，史努比可是大功臣一个。

“说出来怕你们不信，我经常在深夜画漫画。有一天晚上，当我画到史努比发现了梦境与梦境之间的联系，他终于可以从一个梦境穿越到另一个梦境，去救在上一个梦境中为了帮助他逃脱而陷入险境的朋友，这个时候，我忽然看到正在沙发上睡觉的史努比笑了起来！”

大家也笑了起来，笑这个小伙子的胡思乱想，也笑他的浪漫主义。

“你们可以随意笑我。”小米一脸的无所谓，“但这是我亲眼所见，谁知道呢，说不定在史努比给我灵感的同时，我的故事也进入了它的梦里。”

在小米的心中，他的史努比是一个在冒险中成长的小男孩。倘若我们都给自己的宠物描绘一场梦境，你会给予它们一个怎样的世界呢?

我的小二大概是个温柔的朋友，美子的金毛大概是个霸道总裁。不过，如果它们真的成了人类，或许我们与它们之间的关系也不会像这样了。但只要能相识，就是缘分，我们彼此都能从中获得滋养，需要我们慢慢去体会。

第2话

倾我余生，换你余情

报恩的比利
齐刘海和大背头
伯爵不说话
追风

报恩的比利

菲力和比利的故事，应该从菲力正式离家的那天开始说起。

菲力的家庭环境，怎么说呢，它并不糟糕，但就是经常让菲力有种窒息感。

他的父亲是个军人，肩负着保家卫国的责任，他是伟大而崇高的。但在对自己严格要求的同时，他对整个家庭也同样严格要求，尤其是对自己唯一的儿子，这种严格甚至到了吹毛求疵的地步。不论菲力做什么，父亲都要求他做到完美，出现任何瑕疵都会让他受到十分严厉的批评。他的母亲是名护士，或许知道丈夫是为了儿子好，每次菲力被批评，母亲都选择沉默。

军人的强硬作风，让身为儿子的菲力对父亲有着一种敬畏感。而母亲的绝对服从，则让菲力的内心对周遭环境有着一种无所适从感。在这种环境下成长起来的菲力，一方面，受父亲的影响，他对自己总是严格要求，无法容忍自己犯下的任何错误；另一方面，他又希望能遵从本心，而不是活在父母规划好的人生中。

这样的想法，在菲力读大学的最后一年被放大了。

大学四年是菲力人生中至关重要的四年。在这期间，他只有周末会回家，因此多数时间都接触不到父母。在周一到周五的住校期间，他非常享受脱缰之后的痛快。

大四那一年，父母已经为他安排好了工作。他不用顶着大太阳到处求职，更不用心情焦虑地到处参加招聘会，他只需要办好入职手续，一毕业就能轻松步入职场。

但当他真正开始面对这个事实的时候，却感到了窒息。

那种从小到大始终被压迫的滋味又回来了。

在那两个月的时间里，他睡觉的时间加起来不超过七天。他觉得自己成了他的妈妈，在一只巨大的掌心中，无法逃脱。

但他真的想逃离。

就在父亲又一次打电话催他尽快办理入职手续后，他做了一个决定，离开父亲的控制和母亲的懦弱，离开这个他生活了二十几年的家庭，完全靠自己的能力去生活，做自己想做的事。

既然下了决心便不能拖泥带水，菲力决定自己找工作，并在新工作的地点租房子住。

做决定的时候，他并没有告诉父亲，只给母亲发了一条微信，希望母亲帮忙安抚父亲，待他找到工作后再回家取行李。半个月后，当他回家取行李时，母亲并没有说什么，只是叮嘱他在外面一定要注意安全，有什么事就给家里打电话，而父亲则一言不发，当没有看到他。

菲力虽然对家庭环境颇有怨言，但除了被严格要求外，这个家在多数时候仍然是温馨的。看到父亲的态度，菲力心中说不出的难受。但箭已离弦，无法回头。

很多年后，他仍然记得，那天他满头是汗地在烈日下拎着行李走在街上找出租车。他已经租好了房子，用的是自己大学四年勤工俭学的积蓄，租金是一笔不菲的数字，而新工作的薪水只是家里为他安排好的那份工作的一半，但他认为一切都是值得的。

终于，他打到了出租车，当出租车在一个路口等红灯的时候，菲力看到车窗外有几个十几岁的男孩子正在来回踢一只小狗。

这几个小男孩像踢足球那样，把这只奄奄一息的小狗踢来踢去，并开心地大笑着。街上有些行人，但他们对这几个孩子的行为毫无反应。

菲力震惊了，他感到整颗心都揪了起来。

他让司机在路边找个方便的地方停下来。

“不是还没到吗？”司机问。

“只是先停一下，我去看看那只小狗。”

司机瞥了他一眼。

“管那么多干吗，要是他们的家长在附近，你不怕挨揍吗？”

这话让菲力冷静了下来。

他当然怕挨揍，从小到大，父亲即便是气得跳脚，也只是将手里的皮鞭狠狠地打在地上。但即便如此，那落在地上的“啪啪”声，也足够让他心惊胆战。他虽然是个大小伙子，但父亲所带来的恐惧感总会让他因害怕被挨打而停下脚步。

但是现在情况不一样，他不能眼睁睁看着这件事发生而毫无反应。

所以，他没有听从司机的劝阻，仍然选择下车。

菲力走向那几个小男孩，摆出了他这辈子最大的气势，喊向他们：“你们干什么呢？！”

“关你什么事儿？！”里面看似最大的那个小男孩不高兴地朝他喊回去。

“我是动物保护协会的，信不信我喊人把你们都抓起来！”

这几个小男孩终究还是小孩子，听菲力这么一说，都害怕了起来，几个人互相使了使眼色，又彼此说了几句话，然后一起离开了。

菲力担心他们的家长可能在附近，说不定很快会来找他的麻烦，他迅速抱起那只奄奄一息的小狗，回到了出租车上。

司机并没有责怪他带狗上车，立刻开着车离开了现场。

小狗躺在菲力的怀里，已经是神志不清了，偶尔发出一两声哀鸣。

“你打算怎么办啊，是要养着它还是送动物保护协会？”

“没想好，先救救它再说吧。”

“小伙子，你是个好人，不管怎么说，你这事做得对，这趟车费我不收了。”

菲力感激地对司机说了谢谢。

这次的经历给了菲力新的力量。刚刚虽然面对的只是几个小孩子，但菲力仍然有些后怕。或许是因为正处于人生的转折点，菲力才有了这样挺身而出的勇气，又或者这就是菲力真实的一面，只不过长期在父母的压力下，他这一面被压抑住了。不论如何，他在人生至关重要的这一天内，做了一件正确的事情。

到了出租房，司机很好心地帮他把行李搬到了楼上。他把行李扔在屋内，锁好门后，立刻带小狗去了附近的宠物医院。

小狗伤得很重，断了好几根肋骨，头骨也有断裂，内脏也有很大程度的损伤，医生说它的情况很危险，只能尽力救治。菲力急得眼睛都红了，他抓住医生的手，求他一定要救下这只小狗，花多少钱都愿意。

或许是因为医生的水平高超，或许是因为上天感念菲力的诚意，在经历了手术和持续用药后，小狗的伤情稳定了下来。但医生告诉菲力，接下来的几天仍然是危险期，它需要住院观察，能否挺过这一关还要看它的造化。

接下来的几天，对菲力来说简直是折磨。他刚刚去新公司报到，作为实习生，有许多东西要学，还有新的人际关系要适应，他忙得团团转，而他的心中又时刻惦记着那只小狗，生怕医生会突然告诉他小狗救不活了。

说来奇妙，这么一只萍水相逢的小狗，菲力却非常重视它。他越来越能体会父母对待子女的心情。他想起小时候有一次发烧，他爸爸一路背他去医院，明明是个冬天，可爸爸却满头大汗。他一直以为父亲是因为背着他才会出汗，如今他终于明白，那汗水大概有一大半是因为心急。

好在小狗的伤逐渐好转。一个月后，医生告诉菲力可以带小狗出院了，不过出院之后还需要继续休养，千万要注意饮食和日常活动。

在小狗住院的期间，菲力已经下决心要抚养它，虽然会有些艰难，但这是人生中一段美好的经历。

他给这只小黄狗取名为比利。当他把比利带回他与别人合租的公寓，他觉得自己即将开启人生新的篇章。

抚养比利后的很长一段时间里，菲力始终把自己当作比利的守护者。他从一群坏孩子的手里救下了比利，接着把比利从死神手里抢回来，然后又抚养了比利。这一系列事情，让菲力有种守护比利是上天交给他的责任的感觉，而他没有意识到，事实可能刚好相反。

菲力在外工作了半年多，其间偶尔会回到家中看望父母。或许因为他的工作表现不错，加上父母都很喜欢小比利，父亲对他的态度渐渐缓和了。而菲力也终于意识到，父亲过去对他的严厉，只是一种不恰当的表达关心的方式。

到了年底，与菲力一起租房的合租者回家过年了。在离开之前，他的室友劝了他几句，希望他也能回家过年，菲力只是口头应付过去了。

菲力其实也在犹豫，如果他在过年期间留在公司加班，那么他明年升职的概率可能会更大一些。

可如果他不回家过年的话，父母对自己一定会有很大的怨言，好不容易缓和的家庭关系又会回到从前的冰冷状态。

思来想去，他仍没能下决定。很快到了农历十二月二十九，第二天就是大年三十，如果他再不回家，就真的回不去了。清早，他起床洗漱，如往常那样换上衣服准备去上班，就在他走到门口的时候，裤脚好像忽然被拽住了。

他回过头，看到比利正咬着他的裤脚。

他有些意外，往常这个时候比利都是在睡觉的，怎么今天会醒得这么早？菲力想了想，猜测它是被外面放的鞭炮声惊醒的。

“我要去上班了，你乖乖待在家，听话。”菲力拍了拍比利的头对它说，但比利却摇着头，继续咬他的裤脚。

菲力早就发现比利是只特别聪明的小狗，好像不论他说什么它都能听懂，而且一直很懂事，像今天这样缠着他还是第一次。

菲力蹲下身来，“你不想让我上班吗？”

比利轻轻晃了晃头。

菲力又问：“那你想让我在家陪你吗？”

比利又晃了晃头。

菲力纳闷，忽然他想到了什么，又问：“那你是希望我带你回爷爷奶奶家吗？”

出乎意料，比利居然冲他叫了一声。

菲力睁大了眼睛，这是他完全没想到的。

他很激动，换下工作装，穿上了日常的休闲装，又带上了平时回家时背的包，再次问比利："你是想跟我回家过年吗？"

没想到，比利居然开心地在原地转起圈来。

菲力知道他必须下定决心了。

他想了一会，果断地带上比利，坐上了回家的地铁。

这一路上，比利都无比乖巧。当他们回到家，菲力的父母看到他，都非常开心。

妈妈拿出家里的零食，爸爸又拿出了几本新买的书，这些都是他们早就准备好的。那一刻菲力差点哭出来，他意识到自己这么多年以来真的忽略了太多的东西。

他无比庆幸自己做出了正确的决定。

"本来我觉得自己是比利的保护者，那次之后我才知道，比利是我的'恩狗'才对。"当讲完自己与比利的整个故事后，菲力这样说。

"就因为它拉着你回家过年了？"我问。

"它让我发现了一直以来自己忽略了的最重要的东西，这些还不够吗？"

"可我记得你还说过，"我摸着比利的头说，"这只小狗救过你的命。”

“可以这么说吧。”菲力说，“那年春节，我租住的那栋楼里发生了抢劫案，被抢的那家人一死两伤。”

他望着比利，眼神温柔。

“也许那年就算我没有回家，也未必会那么倒霉，但万一呢？”

我没有回答，毕竟这种小概率事件也不好说，但不论如何……

“比利真是只好聪明的狗。”我说。

齐刘海和大背头

我常常会想一个问题，人活一世，究竟怎样的人生状态才是最理想的呢？

一个人年少的时候，成绩不错，有几个志同道合的朋友陪伴；青年的时候，经历了一场未必能够修成正果但却足够浪漫的恋爱；而中年的时候，事业有成，家庭稳定；到老年的时候，儿女成群，家庭和睦，这似乎就是很多人向往的人生轨迹了。

可影子却不想按这样的轨迹去生活。

倒不是说她有多叛逆不羁，恰恰相反，她看起来是那种最普通的乖乖女，穿着学生装，走到哪里都是文文静静的。但是如果你对她有更深入的了解，就会惊讶于她的特别了。

从学生时代一直到工作后，她从没谈过恋爱。影子并不难看，圆圆的小脸上有一对小酒窝，眼睛大大的，是那种极易讨人喜欢的可爱女孩。一般这样的女孩都挺有男人缘的，但她就能做到让所有追求者都望而却步。

“没办法，我的爱好太奇葩。”当我问起她的恋爱史时，她是这么说的。

说到影子的爱好，也确实有点奇葩。她喜欢鱼，但不是那种养在鱼缸里的、姿态优雅游来游去的观赏鱼，也不是海里奇形怪状的深海鱼。她喜欢的是刚刚从海边钓起来的大鱼，越大越好。在她的社交空间里，放满了她与各种大鱼合影的照片，有些鱼很大，比她还高，而她就穿着捕鱼服，笑得无比开心地站在大鱼旁边。

她经常去海边捕鱼，有时会在渔船上待几个月，就为了守一条大鱼。捕上来的大鱼通常都会卖出去，她能分到点钱，不多，但她喜欢的只是捕鱼的这个过程。她跟海边的许多渔船老板都是老熟人了，她技术好，又不矫情，老板们都很喜欢她。

影子在一家商场有一个自己的柜台，主要卖各种与海洋相关的饰品。她雇了一个小妹妹帮她，平时跟小妹妹一起看柜台，想出海时就把工作留给小妹妹，自己出海，回来之后又会带许多新鲜的东西上架卖。

平时，她会健身，不是为了减肥，而是为了能应付得了海上艰苦的捕鱼生活；她练跆拳道，不是为了防身，而是为了必要的时候可以跟鱼搏斗。有些鱼她都叫不出名字来，但她就是喜欢捕到鱼后的那种成就感。当然，如果不小心捕到稀有物种，她会选择放生或者通知当地政府。

而这个爱好便是她找不到男朋友的原因。

经常会有年龄相仿的男孩子对她示好,除了少数实在合不来的，多数时候她都是试着与对方友好地相处，而每次都是相处没几天，她就会带着对方去海上捕鱼。城市里长大的男孩子哪见过这种阵仗，每次坚持不了几天就被这个表面上柔柔弱弱的女汉子吓跑了。

至于影子，她并不为此感到伤心难过。她始终相信，在遥远的，或者并不遥远的前方，总有一个真正懂得她的人，愿意与她一起过隔三差五到海上捕鱼的生活。

但是她又喜欢热闹，喜欢身边有人陪伴。既然暂时没有一个能够欣赏她的男朋友，她只好退而求其次，养一只狗了。

她养了一只高大的金毛，这只金毛的成长经历也颇为传奇。它出生在一个老奶奶的家里，它的妈妈生了一窝小金毛。老奶奶把这一窝小金毛都送了人，其他小金毛都没什么问题，只有它，总是离开不到两个月就被送回来。用收养者的话说就是，这尊“大佛”太厉害了，我们没能力养它。

老奶奶无奈，只能把它放在家里，好生看养，再一边寻找合适的主人家。可是老奶奶精力毕竟有限，实在没能力陪它玩耍嬉戏。更别说有一次这只小金毛丢失了三天，老奶奶急得不行，没想到第三天它却完好无恙地回了家，虽说是虚惊一场，但老人家哪受得了这样的折腾？

影子打算养狗的时候，她先去了同城的宠物论坛。论坛里有一张帖子就是在讲这只金毛的故事，发帖的人希望能找到一个适合养这只金毛的主人，帮帮老奶奶。影子看着帖子里关于金毛一次次被收养又一次次被送回的过程，看着看着竟然笑了。

她仿佛看到了一个混世魔王，面无表情地被一个个老实本分的人接走，又一次次面无表情地被扫地出门。收养的人们很无奈，老奶奶也很无奈，但最无奈的恐怕是这只性情独特的狗狗了吧。

影子当即决定收养这只狗。本来嘛，她就是个爱好特别的人，正好养一只特别的狗。

她把狗接回了家，正如她想象的那样，这只金毛虽然顺从地跟她回到了家，但丝毫没有兴奋的样子。老奶奶给它取名为“大金”，而影子却想给它改一个名字，这个名字要符合影子的喜好，又不能让它觉得不习惯，因此，她给它改名叫了“大鲸”。

身旁有一只名叫大鲸的狗，还怕下次打不到大鱼么?

接回大鲸的第一天，影子就体会到了大鲸的每一个前任收养者的艰难。其他狗狗，每天带它出去遛几圈，回来就会安稳了，可大鲸不一样，尽管影子带它出去遛了一个下午，可回到家，大鲸还是坐立不安。

影子看着大鲸在那里抓心挠肝似地上蹿下跳，终于弄清楚了它为什么会如此与众不同：因为它的精力比一般的狗要旺盛许多。

的确，大鲸的精力特别旺盛，它不是存心要给主人添麻烦，而是真的无法忍受安静，它就像是个飞速运行的机器，一旦停下来它就会受不了。

影子笑了起来。

既然在家里待不住，那咱们就出海吧。

影子带大鲸出海的那天，渔船老板都有点顾虑，他们担心大鲸会被吓到，万一出点什么事就不好了。但影子却不以为然，她觉得大鲸与她十分相似，她能做到的事情，大鲸也一定能做到。

出海那天，影子给大鲸戴上了项圈并系上了绳子，为了防止大鲸掉到海里，她把绳子系在渔船上。那天的天色有些发暗，通常这种天气大家都不会出船，这艘船的老板也建议影子不要上船，可影子很执着。

“你敢出船，我就敢上船。”这是影子的原话。

“我不一样，我习惯了。”

“我也习惯了啊。”

影子笑嘻嘻地上了船，带着无比兴奋的大鲸。

大鲸从来都没见过海，它在船上蹦蹦跳跳的，眼睛也瞪得大大的，一会儿看看天，一会儿又看看海。它看到海面上自己的倒影，对着倒影喊个不停，接着又看向天空，对那些不知名的海鸟们疯狂叫喊。

船走远了，影子开始下网。这种天气虽然不适合出海，但如果冒险出海，却很容易有意外收获。影子不敢怠慢，时刻盯着水下的动静。

天空变得愈加阴沉，甚至开始飘雨了。渔船老板开始收网，影子正想收网，却注意到水下有不寻常的动静，凭着以往经验，她相信这次能捞一票大的。

她拿起了鱼枪，深呼了一口气，朝着她认准的方向发射出去，立刻，鱼线被拉起，影子知道自己刺中了。

旁边的大鲸看着这一切，兴奋地叫了起来。老板也赶快帮忙来拉线。这条大鱼的力气非常大，老板和影子两个人用尽全身力气拉着它，大鲸在旁边叫喊着，像是在给他们加油。

这是一场拉锯战，持续了很久，老板和影子的力气几乎都被用尽了，这条大鱼终于被耗得没了力气，最后他们奋力一搏，把大鱼拽到了船上。

这真是只了不起的大鱼，目测身长能达到两米。老板立刻拿渔网把它网住，而影子为了防止大鱼挣扎跳回海里，干脆扑到了大鱼的身上把它按住。旁边的大鲸也用身体帮忙按住大鱼。

影子忍不住笑起来说："都说你是个折磨人的混球，你分明很管用嘛！"

老板不敢在海面上停留太久，便开船往回走。最终，他们在雨彻底变大之前回到了岸上。

船刚一靠岸，岸上的人就纷纷上前帮忙抬鱼。大家都在惊叹这条大鱼的体积，围在大鱼旁边议论纷纷。还有人起哄要老板和影子跟大鱼合张影，打算发到朋友圈。

于是，在这大雨滂沱之中，众人抬起大鱼，船老板和影子分别站在大鱼的一左一右，影子另一边站着她了不起的小伙伴：大鲸。他们照了好几张合影，老板单独跟大鱼照了一张，影子和大鲸也单独跟大鱼照了一张。

回到旅馆，影子先是给大鲸洗了个澡，整个过程中大鲸无比配合，接着自己又洗了个澡。洗过澡后，他们就直接睡觉了。整整一夜，大鲸和影子都睡得无比香甜，第二天早晨起床，两个人的精力都很充沛。

吃早餐时，影子收到了船老板发来的照片，大雨中的合影，看起来如此恣意又疯狂。影子挑选了其中一张发到朋友圈，并附上了一个自己颇为满意的标题。

于是，在那一天，影子微信上的朋友们都看到了这样一张照片：大雨之中，一个浑身湿透的女孩子，齐刘海全都贴在了额头上，衣服上沾着各种泥土和鳞片，明明是狼狈不堪的样子，但脸上却露出无比开心的笑容。而在她身旁，一只浑身湿透的金毛，毛发似乎是被刻意弄到了后面，变成了个大背头，身上同样沾满了泥土，表情也是同样的开心痛快。这张照片的配词是：齐刘海和大背头。

这便是影子与大鲸的开始。

从那天开始，每次影子出海都会带着大鲸，而她的出海次数也变得越来越频繁。

如今，影子的生活依然是人、狗、鱼。这样的生活，在一般人的眼里，似乎透着孤独与漂泊的意味，但人生不就是自己活得痛快最重要么？

影子并不排斥恋爱，她相信在前方总有一个真正适合她的人在等着她，但倘若没有也没关系，至少她现在有大鲸。

伯爵不说话

在遇到伯爵之前，璐璐对养狗这件事内心有点矛盾。

她不是不喜欢狗，相反，每次看到这些毛茸茸的小生物，她都忍不住要上去摸一摸。但父母怕小狗会伤害她，总是会把她呵斥到一边，然而这并没有影响她对小狗的喜爱。

当璐璐十五岁时，她央求父母给她买一只小狗来养。父母觉得养狗可以培养她的责任心，便给她买了一只很可爱的小狗。可是她才与这只小狗共同生活了不到一个星期，就出现了一个很严重的问题——小狗会影响她拉小提琴。

她从小便开始学小提琴，十几年来每天拉一会儿琴已经成了她的习惯。但是现在只要她一开始拉琴，小狗就会在她腿边叫个不停。无奈之下，她只得向父母提出，必须把这只小狗送人。

父母只好把这只小狗送给了璐璐的奶奶。小狗离开的那天，它一直用水汪汪的大眼睛望着璐璐，那眼神璐璐这辈子都无法忘记，充满了渴求与悲伤。它似乎知道自己被主人讨厌了。

那眼神成了璐璐心中的一道伤。

从那之后，璐璐再没想过养狗的事情，她怕自己会伤害那些可怜的小动物们。

长大之后，璐璐去了银行做行政工作。她拉小提琴的次数少了，偶尔会在公司晚会上秀一秀，平时如果心情烦闷了，她也会拿出小提琴来拉上一首，但只是自娱自乐，已经不再对环境要求那样严苛了。

在她加入工作的第三年，他们公司的一个前台小姑娘想领养一只宠物，拉着她一起去宠物领养中心，希望璐璐能帮忙看看。

到了领养中心，小姑娘始终拿不定主意，璐璐却留意到了一只中型犬。这只狗跟其他的狗不大一样，其他狗看到人就叫个不停，这只狗却只是安静地趴在笼子里。

璐璐有点好奇，问领养中心的人，这只狗是不是病了。

“它就是这个样子，比较喜欢安静。”

拥有这种特质的狗并不多，璐璐瞬间就被它吸引了。她对小狗的爱意再度萌发出来，同时她想，这只狗喜欢安静，自己也喜欢安静，那么如果把这只狗带回家去，应该没问题的吧。

她突然想起了当初那只因为耽误她练琴而被送走的小狗，或许现在是时候偿还心中一直无法消除的那份亏欠了。

那天拉着璐璐来宠物领养中心的小姑娘带了只小花狗回去，璐璐则把这只安静的小黄狗带回了家。

领养中心的人说这只狗的名字叫伯爵，是它的前主人取的。

伯爵是个好名字，刚好符合璐璐对中世纪的向往。

璐璐一个人住，所以她每天出入都十分谨慎，尽量赶在天黑之前回家，每次锁门都会锁三道锁。不过伯爵来后，她的胆子就大了不少。

璐璐其实对养狗十分在行，她以前总是会有意无意地去了解。她知道哪种狗适合吃哪种狗粮，知道如何能让狗住得舒服，知道怎样安抚狗的情绪。所以伯爵一到家，璐璐对如何照顾它完全是轻车熟路。

只不过，与其他小狗不同，伯爵喜欢安静，总是自己趴在角落里，看起来像是在冥思，当璐璐听音乐时，它也安静地听，好像能听懂一样。

璐璐还喜欢看书，当她看书时，伯爵就会躺在她的身旁，安静地陪伴她。也许是这个时刻太过温馨的缘故，她看着看着，总是容易走神。她总是会想，自己曾经对它的同类做过那样残忍的事情，她有什么资格拥有这样一条完美而温柔的狗狗呢？

不管怎样，璐璐对伯爵很满意。

某个周末，璐璐忽然心血来潮，拿出了放在柜子里的小提琴。当时伯爵正趴在沙发上，璐璐就站在客厅里，拉起了曲子。她突然意识到，这是当年养那只小狗时自己练习的曲目。

璐璐下意识地望向伯爵，她发现伯爵也正望着她，它正在安静地听着。她突然想起在学校时，自己经常在晚会上给大家拉小提琴，那时候台下的观众有的聊天，有的玩手机，还有的吃东西，很少有人去安静地聆听她的表演。在璐璐遇到的观众里，伯爵是最有品格的那一种。

它安静地听着，不论听懂还是没听懂，它都安静地听着。

璐璐忽然想哭，如果当年她家里养的是伯爵，那么她或许便不会那般狠心。而她又为自己这样的想法感到羞愧，不论如何，遗弃者是她，她有什么资格去要求一只小狗保持安静呢？

璐璐继续拉着小提琴，她想到这些年里，她对所有狗都抱有一种赎罪的心态。虽然她一直不再养狗，但平时总是会给一些流浪狗送吃的，或许潜意识中只是想要补偿对当年那只小狗的亏欠。她虽心中有愧，却从来没想去把奶奶家里那只小狗接回来，因为她不敢面对自己的惭愧。

伯爵像是能感觉到璐璐情绪的变化，它来到璐璐的脚边，趴下来，轻轻蹭了蹭。

一曲终了，璐璐将小提琴放回琴盒内。她抱起伯爵，打开电视机，一边看着电视节目，一边自言自语，跟伯爵讲起自己当年在学校拉琴的事情。她仍然没有足够的勇气说起当年那只小狗的故事。

璐璐经常带着伯爵参加狗友会，有一天一位新来的狗友忽然认出了伯爵。

“这只狗，我有印象的，不怎么爱叫，对吧？它额头上有一撮白毛，我印象特别深刻。”

“那真是太有缘分啦！”璐璐开心地说。

“现在看它挺幸福的，真为它开心。”那个狗友说，“我看你是个好主人，它总算是苦尽甘来啦。”

“苦尽甘来？”璐璐听出了什么，“它过去吃过苦吗？”

“原来你不知道？”狗友有些意外，“当初我去领养狗时，领养中心的人和我讲过，这只狗最开始的主人是个画家，性格不大好。起初这只狗很活泼，但每次它玩闹的时候，那个画家就会不停地打它，一直打到它安静为止。时间久了，它就变成这么安静的性格了。”

璐璐有点震惊。

她的伯爵，她的狗中“贵族”，她的安静的伙伴，竟然经历过这些！原来它的安静并非天生，而是活生生被人打出来的。她现在享受的安静的相处，不过是前人的残忍留下的成果。

璐璐看着安静的伯爵，眼泪不争气地掉了下来。

她想到当初自己竟然还幻想过小时候养的小狗是伯爵，如果当年真的养了伯爵，大概自己也会因为它的聒噪而将它遗弃吧。此时她所享受的宁静，难道不是对伯爵的另一种伤害么？

在之前的日子里，她不过是在享受伯爵安静的陪伴，但为了修补前主人对伯爵的伤害，她决定换过来，换她去陪伴伯爵。

她开始频繁带伯爵去公园玩，尽自己所能让伯爵拥有一切正常狗狗应有的快乐。

如今，伯爵依然安静，但看起来似乎活泼了一些，也精神了一些。璐璐与伯爵之间已经形成了新的平衡。他们从简单的陪伴，变成了互相抚慰对方的存在。他们的伤口，正在彼此陪伴的日子里慢慢愈合。

追风

小宋养了只雪橇犬，他给这只狗取名为追风。

追风，顾名思义，就是跑得飞快。

其实，小宋的这只雪橇犬跑得并不算快，但它喜欢奔跑，每次小宋晨练，它都能全程跟在小宋身旁，一路跑下来。

小宋的身体并不好。在大学期间，由于太用功刻苦，同时为了减轻家中压力而坚持勤工俭学，过度的劳碌使得他的身体彻底累垮了。

毕业之后，面对比学校里强几倍的压力，他开始变得易感劳累，身体虚弱，心肺上也出现了一些小问题。

然而小宋并不服输，他不想被自己的身体拖后腿，于是开始了健身生涯。

小宋看到过那种坚持健身，到了七八十岁身体仍然硬朗的老人们。于是他想，如果自己每天早晨出门晨练，晚上在家健身，那么他的身体说不定能回到精力充沛的状态。

刚好那时候他与老婆决定养只狗，于是他就养了这只能陪他健身的雪橇犬。

小宋进行得最多的活动便是长跑。每天早晨，他都会坚持跑下10公里，虽然刚开始的时候，10公里对他来说有点艰难，但他相信只要坚持，总会适应的。而且他的目标不仅是目前的10公里，他还要参加市里的马拉松大赛。

然而，他想象中的通过健身变得神采奕奕的状态并没有到来，相反，健身影响了他正常的工作与生活。工作上，他的工作效率开始明显降低；生活上，他每天回家倒头便睡，家务便全都落在了妻子的头上。次数多了，妻子难免对他有怨言。

他与妻子很少发生争执，然而这一次却因为自己的健身计划，与妻子吵了很多次。小宋想要放弃了，为了健身，影响到自己的工作和家庭的和睦，实在有点得不偿失。

所以，在坚持了近一个月后，小宋决定放弃。那天早晨，听到闹铃响起后，他直接关了，继续睡觉。

然而才过了不到半分钟，追风忽然蹦到了小宋的床上，不停地对着他叫。

烦躁之下，小宋只好起床。但他并没有如往常那样换上运动服，而是直接打开冰箱，准备做早饭。就在他拿出冰箱中的食材时，却看到追风不知何时已经把他放在沙发上的运动服叼了过来。

追风坚定地望着小宋。

小宋知道今天是逃不掉了。

“好吧，就今天。”

小宋穿上运动服，带着追风跑出了门。

他们去了公园，跑了十公里，又跑回家。到家时妻子尚未起床，小宋还有时间准备这天的早饭。

也许是因为觉得这是最后一天晨跑，小宋心情无比轻松，他做了一顿十分丰盛的营养早餐。

到了第二天，他又经历了同样的事情。

接着是第三天，第四天，第五天……

小宋终于意识到，晨练这件事情是根本不可能停止的。因为追风已经有了条件反射，每天一到那个时间，它就会叫小宋一起去晨练。

据说，人类只要坚持重复 28 天，就可以养成一个习惯。小宋一直不相信这个理论，他认为，一个习惯不论坚持了多久，只要一天的懒惰便足够打破它。

可这个理论对狗似乎很管用。似乎狗这种生物，并不懂懒惰是什么，只要它们形成了什么习惯，便会如永动机一样一直坚持。有时候小宋甚至觉得，如果生物学家们将狗的勤劳基因转移到人类的身上，那么社会前进的步伐必定会加快。

小宋的晨练，从最开始的主动晨练，变成了被逼迫的被动晨练，这个过程让他非常不爽，可也毫无办法。

他只能继续跑下去，就这么风雨无阻地跑了半年多。而在不知不觉中，跑步真的成了他的习惯。他不再如一开始晨练时那样白天容易犯困，晨练已经不会影响他白天的状态，甚至让他的身体变得比健身之前好得多。

他还给自己提高了要求。在同样的时间里，他开始跑 11 公里、12 公里。这样跑了一年，他发现他似乎有能力去参加马拉松比赛了。

这一切的转变，都是过去的小宋不敢想象的。而帮助他完成这些转变的是追风。

就这样跑了两年。在第三年的夏天，他报名参加了市里的马拉松半程比赛。

他还记得，那天很热，他与几百个跑友共同站在起跑线上，等待着起跑的枪声。广播里放着为大家加油的口号，前方的路上早已设置好了补给站。追风就在小宋的脚边，准备与小宋一起奔跑。

终于，枪声响起，在前 200 米，大家很快有了速度差距。小宋不敢耗费太多体力，保持着晨练时的速度，与追风一同向前奔跑。

跑步有时候与坐禅差不多。一开始能气定神闲，但跑着跑着，人似乎就慢慢神游天外了，不知道自己究竟在做什么，也不知道什么时候是个尽头。

小宋也这么觉得，所以他喜欢一边跑步一边与追风聊天，这样才让他感到自己正在进行的事情是有意义的。

那天天气非常热，小宋感觉自己快被晒化了。他在补给站领了水和毛巾，在跑步的同时始终留意自己的身体状况，他不想中暑进医院。

身旁的追风却似乎没有受到影响，它跟随在小宋的身边，与他保持同样的速度向前奔跑，看起来游刃有余。小宋有些好笑，心想，如果狗也能算名次，在追风全力奔跑的情况下，它说不定能拿个前十名呢。

前十公里不论如何还是轻松的，接下来的路程开始艰难了。

这时候的小宋基本上已经达到自己的极限了，他坚持喝水，坚持用沾水的毛巾擦身体。可时间已临近中午，日头已到达头顶，加上小宋的体力被消耗得差不多了，他不知道自己会不会在到达终点之前倒下来。

每一次当小宋想要停下奔跑的步伐，身旁的追风都会加快速度跑到小宋的前方，使得小宋不得不继续奔跑，追上它。

在追风的带领下，小宋坚持跑完了一个又一个的一公里。跑到后来，他的眼中唯一能看到的只有追风的身影。

后来，每当回忆起那段经历，小宋都不知道自己是如何跑到终点的，他能想起的只有阳光、汗水和被汗水模糊的追风的影子。

小宋总说他的一切改变都是追风带来的，我说追风只是外力，内因是在他自己身上。他认同我的说法，但他也认为，如果没有这个外力，那所谓的内因永远都不会发挥作用。

第3话

总有一个你伴我如歌岁月

你已经是个球了

“公主病”怎么治

备份人生

通心术

你已经是个球了

我第一次因为工作上的事情去广东时，遇到了一个女孩子，她是我们公司合作方的项目负责人。女孩子毕业只有一年多，但是工作能力比一些工作了几年的人都强。当她进入工作状态时，那种干练和雷厉风行是一般刚毕业的女孩不能比的。

因为她的高效率，让我刚到那边的第一天就跟合作方建立了良好的合作关系。下了班，为了表示感谢，我请大家去吃日本料理。

饭局上，我不吝用最优美的词语来赞美这个叫作辛迪的姑娘。

“你是我参加工作以来，见到的最聪明果敢的女孩子，太了不起了。”

“谢谢夸奖。”她特别豪爽地大笑起来，“这都是被逼出来的啊，像我这种身材，如果工作上再不表现得出色一点，怎么可能找到工作？”

这是个敏感话题，我一直尽量避免提及，没想到她自己倒先提了出来。

这个姑娘哪都好，唯一的问题就是太胖了，体重看上去不会低于 160 斤。在广东这种地方，我所见到的肥胖人士并不多。我特别奇怪，这么聪明干练的姑娘怎么会允许自己吃得这么胖？

“现在这个社会在审美上已经有点畸形了。”我说，“大家排斥胖，却对瘦趋之若鹜，但这两者难道不都是与健康相悖的吗？”

“我觉得大部分人不是排斥胖的人，而是胖的女人。”她说，“其实也不是排斥胖的女人，而是强壮的女人。虽然胖不等于强壮，但看起来总比弱不禁风的瘦弱之人要强壮一点。但对男性的身材就没有那么苛刻。”

“可是不论胖的男人还是胖的女人，他们都处于亚健康状态。”

辛迪笑起来，她的五官仔细看是精致的，如果瘦下来一定会很漂亮。

“你是想说，”辛迪笑嘻嘻地说，“我应该减肥了。”

“我绝对没有这个意思。”我连忙解释，“我为造成你的误会而道歉。”

“我确实在减肥。”辛迪诚恳地说，“我正在健身和节食，不过这两者对我来说都特别难。你正好要在这边待三个月，能见证我的减肥过程。”

我被勾起了兴致，如果她真的能成功，那绝对是我这三个月里遇到的最有趣的事情。我不由得感激上天给我派了这么一个有趣又可爱的合作对象。

辛迪的性格特别开朗，我们很快就打成一片。我们的工作氛围十分轻松，有时候她会把她的小沙皮抱过来，那只小沙皮长得特别有喜感，每次被辛迪揉进她柔软的怀抱中时，它都是一脸的生无可恋。

辛迪下班后会去健身房，我一般没什么事情，就会跟她一起去。我可以看出来她是有决心的，说不定我真的能见证她的成功蜕变。

后来混得熟了，我跟她说话也大胆起来，于是问出了那个在我最开始见到她时就产生的疑问。

“你是怎么变胖的？天生的还是后天的？”在她下了跑步机，坐在椅子上歇息时，我问她。

“后天的，不过原本也不算瘦。”

“所以是发生了什么？”

“失恋。”她回答得很干脆，然后对我笑了笑，“是不是有点老套啊。不过也不算真正的失恋，准确地说是单恋失败。”

“单恋也能失败？”

“当然能啊。”她说话时神色有些忧郁，“单恋了几年，终于鼓足勇气去接近对方，却发现自己根本不是对方喜欢的类型，甚至连朋友都做不了。”

“那可真是……”

我不知道该说什么好，虽然我没经历过这种事，但多少能体会到她的这种心情。

“然后，”她继续说，“我忽然觉得没有力气了，开始逃避现实。我一边看剧一边吃，不停地吃，什么甜吃什么，好像吃了之后心情就会好一点。然后，不到三个月，我的体重就飙升了 40 斤，真是眼看着胖起来了啊。”

“那是什么时候的事情？”

“大四。”她笑，“真不是个好时候，是吧？因为胖，工作似乎都难找了。我突然发现感情算什么啊，没工作的话你都快活不下去了。”

“然后我就养了胖胖。”她看着在旁边趴着的沙皮狗说，“毕业后一个人生活还是挺孤单的，没有男人那就养只狗。”

“那你现在减肥，是想重新开始了？”

“是想有个健康的身体。”她说，“我不知道你能不能体会，就算被伤害了，可心里喜欢的人，还是很难轻易不喜欢。有些事情我不知道是不是真的能翻篇，但不论如何，我得好好生活。”

我有点感慨，辛迪是个性格特别好的人。如果她现在的身材让许多人望而却步了，那么在她未发胖之前，我不能想象真的有人面对她的追求而毫不动心。

我抱起了胖胖，它看上去肉嘟嘟的特别可爱，我握着它的小爪子，对着辛迪摆出作揖的姿态，用古怪的腔调说："妈妈最漂亮，妈妈最可爱！"

辛迪哈哈大笑起来。

有辛迪在，工作上我完全不用操心，这让我特别羡慕辛迪的同事，有个这样干练的同事真的是莫大的幸运。

因为工作上无比顺利，我更加关注辛迪的减肥事业。虽然减肥的人不是我，可辛迪的体重慢慢减轻的时候，我也特别有成就感。

不过，我只是一个旁观者，真正在陪伴和支持辛迪减肥的人是胖胖。对辛迪来说，它是支撑她进行下去的最大动力。

"每次看到胖胖，我都会意识到这是全新的人生，我得把从前的一切都甩掉。我得甩掉我的脂肪，同时甩掉那些不切实际的幻想。"

"再甩掉对那个人的一切回忆。"我说。

辛迪却摇了摇头，说："我可不想忘记他，他是我青春岁月里的美好回忆。就算这些回忆充满痛苦，那也是美好的，这种回忆往后也不可能再有了。”

“你怎么这么悲观呢？”我生气地说，“你才多大啊，往后的路还远着呢。说不定过两年你就又为了哪个新认识的男孩子痛彻心扉了，有时候人生就是个不停循环往复的过程！”

“这‘诅咒’也太恶毒了！”辛迪大笑起来，“不过你说的也有道理，有时候生活确实不停循环往复，但希望我的体重不会。”

“你哪会啊，你明明是个‘球’。”

然后我的头就挨了一记狠狠的暴击。

我觉得辛迪说胖胖是她的动力大概是因为它让她看到了现在的自己，因为现在的胖胖就胖得像个球。她看到胖胖就像是照镜子，能没动力么？

不过辛迪的执行力让我惊叹。她的工作强度并不小，但每天还会抽出时间去健身房，最少要健身一个小时。她体重的下降也是肉眼可见的，我看着她的腰围一点点变小，胳膊一点点变细，脸也一点点变小。

每当她跑步或者练习力量的时候，胖胖就会坐在一边，吃点饼干，或者对着窗外发呆。

如果给他们配上背景音乐，那么辛迪这边必定是紧张的谍战曲，而胖胖那边则是舒缓的小夜曲。一人一狗，一动一静，特别好玩。

“你这么卖力减肥，可是胖胖好像完全不在乎啊。”有一次我调侃她说。

她目光凌厉地瞥了胖胖一眼，说：“不着急，等我减下来，就轮到它了。”

那一瞬间，我仿佛看到胖胖打了个冷战。

在这轻松而愉快的减肥过程中，三个月很快结束了。在此期间，辛迪已经减掉了20斤，从“肥胖界”进入了“微胖界”。我走的那天，她抱着胖胖来车站送我。

“真遗憾没让你看到我的最终成果。”她说。

“想得美，我会经常去你主页上看你动态的，别松懈啊！”

“你就瞧好吧！”

我拍了拍她的肩，又和胖胖握了握手，我明显感到它紧握着我，似乎不让我走，莫不是已经预测到自己接下来的悲惨命运，希望我能救它一命？然而我爱莫能助，只能回它一个同情的眼神，转身走进了站台。

回家之后，我一直关注着这个过得十分认真的小姑娘。我从朋友家中接回了小二，那个朋友是个厨师，做饭特别好吃，短短三个月，我的小二胖了一大圈。于是，我经常让小二同我一起看辛迪的主页，看看这个姑娘是怎样坚持与自己的体重做斗争。

又过去了三个月，辛迪已经基本摆脱了“肥胖”这个词。不过她还在继续健身，不是为了减肥，而是为了能有一个强壮的身体。正如她所说，她在不断地甩掉过去，也在迎接新的未来。

对辛迪而言，她已经在向前看了。减肥成功后她很快又在帮着她的胖胖减肥，尽管胖胖不乐意可还是跟着她爬山跑步。辛迪发了许多与胖胖的合影，在那些照片中，辛迪满面春光，而胖胖却满脸苦涩。

不论如何，还是同情胖胖一分钟吧。

“公主病”怎么治

现在有个词叫作“公主病”。它通常包含着自私自利、骄横跋扈等一系列恶劣的行为。说真的，这些行为似乎没有一条能跟真正的公主挂得上钩！

或许，正是因为得病的人不是公主，而她们却幻想着自己是公主，所以才说她们是得了“公主病”吧。一般这些“病人”都是被那些把她们当公主来宠着的父母们惯坏了。

齐齐似乎也被宠坏了。

她其实很可爱，也很善良，只有一点不好，就是总认为所有人都应该为她服务。读书期间住宿舍，大家都在打扫卫生，她却自顾自插着耳机躺在床上听歌，还让其中一个室友把她床下那一堆瓜子皮给扫了。

室友顿时怒了，大吼一声“自己的事情自己做！”之后就把扫帚丢到了一边。其他人试着调解矛盾，希望齐齐能道歉，谁知道齐齐却哭了起来，表示那个室友欺负她是外地人。

齐齐的确是外地人，寒暑假以及逢年过节都会回家，每次回到学校都会给全寝室每个人带一大包吃的，平时也经常自掏腰包给室友们买吃的。

大家“吃人的嘴短”，只好劝那个与她闹别扭的室友别跟她一般见识，不就扫个地，何必跟一患了“公主病”的人闹不愉快。

然而瓜子皮事件只是冰山一角。

大学四年，室友们见识了齐齐所有的奇葩表现，但也发现了齐齐发自心底的善良，所以她们只好选择睁一只眼闭一只眼。

毕业之后，大家建了一个微信群，方便以后联系。而对于齐齐，很多人其实存着一种看热闹的心理，他们想看看，如果齐齐把她的“公主病”带到社会中会吃多大亏。

齐齐参加工作以来，每一次都没能顺利度过实习期。她猜大概是这些用人单位要求太高，于是她在群里说希望去考证提升自己，其他人都鼓励她，但大多数人都暗自在手机屏幕的后方窃笑着。

那天，齐齐继续在网上投着简历，她突然收到一条来自一个大学同学的微信，这个同学的母亲得了病，急需用钱，她问齐齐借钱。

齐齐知道这个同学，她学习很好，家境却不太好。

于是，她直接给这个同学转了五万块钱。

“不知道够不够，是个心意。”

对方沉默了一阵子，齐齐的心里开始犯嘀咕。

她想，不会是遇到盗号的骗子了吧？

几分钟后，手机再次亮起，那个同学要求跟她视频。

然而出乎齐齐意料的是，她看到那个同学竟然在哭。

妈妈生病是真的，借钱也是真的，只是这个同学不知道自己能借到多少钱，她甚至想过自己借不到钱。

可齐齐却如此慷慨，毫不犹豫地给她打了五万块钱。这让她知道了齐齐有多善良。

她们在视频里聊了很久，同学告诉了齐齐关于其他人对齐齐恨之入骨和大家想看到齐齐在社会中闹笑话的事情。

这个同学以前一直觉得齐齐挺骄纵，但借钱这件事让她意识到齐齐其实是个非常善良和单纯的人。

齐齐感到非常震惊，她觉得自己的整个世界观都崩塌了。

“我该怎么办？我也不想那样，可我难受时，自然就觉得别人应该照顾我。我知道我是被家里惯坏了，可没想到你们竟然那么讨厌我。我为了让你们不讨厌我，还拼命给你们送吃的。”

“那些是没有用的，就算你送再多吃的，该讨厌你还是讨厌你啊。你不如养只狗试试吧，说不定等你体验过照顾别人的过程，你就会体谅别人呢？”

齐齐真的去买了一只狗。

其实她心里很生气。她觉得，她对那些同学都非常好，可是这些人不但不知道感恩，反而合起伙来嘲笑她，这让她心里很受挫。

可考虑到那个向她借钱的同学说得极真诚，所以她还是接受了养狗的建议。

她买了一只白色的小狗，取名为公主。

既然你们所有人都说我有“公主病”，那我干脆养一只“公主”

算了。

带公主回家的那天，齐齐并不开心。一方面因为她尚未找到合适的工作，另一方面她还在因那群同学的嘲笑而耿耿于怀。把公主领进门之后，她直接气鼓鼓地坐到沙发上，公主也跟着她来到沙发旁，趴在她的脚边。

她立刻一脚就把公主踢开了。

“走开！连你也来烦我！”

公主发出一声痛苦的哀嚎，便再不敢靠近她。

齐齐生了一阵子闷气，想起要给公主喂狗粮，可当她起身迎上公主的目光时，却见它浑身打了个冷战，退后了几步，用害怕的眼神望着她。

她心上一颤。

那一刻，她觉得自己是全世界最坏的人。

她把公主从市场上带回家，让公主以为自己终于有了归宿，可她们的第一次相处便是家暴。

齐齐最恨的便是实施家暴的人，没想到自己却充当了一次这种角色！

她立刻朝公主走了过去，可它一直害怕地向后退。齐齐心中揪成一团，她咽下涌上喉头的酸楚，把狗粮倒进新买的狗碗内，放在了公主的面前，自己则后退几步。

公主又观察了一阵，确定没有什么危险了，才上前去吃碗里的狗粮。

起初它吃得小心翼翼，待确定齐齐不会对它做什么了，才大口大口地吃起来。它吃得这样香，以至于齐齐走过来时，它也无暇顾及对齐齐的惧怕。

齐齐不住地对它道歉："对不起，我是全世界最糟糕的主人，我刚刚对你的方式实在是太恶劣了，请你在接下来的日子里相信我。"

她抬起手试探着抚摸公主的额头，公主没有闪躲，齐齐就当这是原谅她了。

齐齐不知道其他人是怎么养狗的，她只知道自己在养狗的过程中身心俱疲。也许是因为最初的相处并不愉快，齐齐总是想弥补公主，她在意公主的每一个表情、每一丝情绪波动。短短几个月，她已经变成了一个懂得照顾别人的人。

齐齐是有一点骄横，这个毛病是被她父母惯出来的。父母这么惯着她，也是因为爱她。她希望别人都能宠着她、惯着她、让着她，是因为她从小习惯了这种相处方式。

而公主是一只狗，它只能用陪伴来回应齐齐给予的一切。

齐齐照顾公主的时间越久，她就变得越体贴，越懂得照顾他人的感受。

她终于又找到了一份工作。这一次，她顺利通过了实习期，领导直夸她有爱心。

其实齐齐一直很有爱心，之前的她只是没有学会如何处理与他人的关系，而教会她这一切的只是一只普普通通的小狗。

后来，那个向她借钱的同学把钱还给了她，还跟她成了好朋友。虽然真心未必能换回真心，但如果没付出过真心，就根本不可能得到任何真心。

偶尔，齐齐的“公主病”还是会发作，但是那又怎么样呢？每个人都有偶尔任性的时候，而任性过后，她仍然还是那个善良慷慨的可爱女孩。

备份人生

如果说，人生可以在某个特定的时间点存档，那么小雅养了十年的小福或许就是她的存档备份，只不过，这可能是小雅永远都不会再去打开的备份。

说起来，那是十年前，小雅还天真，有着一腔热血和执着。她当时正热烈追求着学校里一个高她两届的学长大湖。

为了能追到大湖，小雅加入了学长所在的社团，那是个昆虫社团。可她极其讨厌昆虫，但是大湖的魅力完全胜过了她对昆虫的恶心。于是，她一边忍着对昆虫的恶心，一边接近大湖。

小雅那时候已经在养小福了。小福是父亲送给她的礼物。她从小就跟父亲说想养一只小狗，最好是只比熊，但父亲要求她努力学习，而养狗会分散她的精力。到了她正式去大学报到的那天，父亲拿出了一只漂亮的比熊犬，告诉她，从今天开始，这只小狗就是她的责任。

小雅喜出望外，那是她十几年来收到的最棒的礼物。

她把小福放在家里，每天晚上都会回家照顾它。而白天，她在学校里努力学习，认真修学分。

那段时间，小雅的人生目标只有三个：第一，顺利毕业；第二，养好小福；第三，追到大湖。

前两个对她而言都不算难，第三个却有很大难度。

因为大湖对她根本不感兴趣。

不论她怎样接近大湖，大湖都对她爱搭不理。

而在小雅带小福参加那次社团活动后，事情出现了转机。

那天，小雅也是一时心血来潮，她觉得小福总是待在家里有点闷，她希望带小福去看看更多的风景，体会更大的世界。

而那天的社团活动是去学校附近的一个小树林里寻找昆虫，小雅就带上了小福，加入大家的捕虫活动。

小雅到达那里后，原本正拿着放大镜寻找昆虫的大湖抬起头，一眼就看到了小雅身边的小福。他好奇地走过来，问小雅："这是你的狗？"

"对啊，学长也喜欢小狗吗？"

大湖看着小福，不住地点头，"喜欢，喜欢，我能抱抱它吗？"

"当然没问题！"

小雅把小福抱给了大湖，那是第一次，她从大湖的眼中看到了温柔的笑意。而他的笑容，天啊，真好看，就像是她曾经做过的最美的梦。

那天的社团活动明明是寻找昆虫，可大湖与小雅却一直在跟小福玩。这倒是顺了小雅的意，毕竟昆虫什么的，她还是离它们越远越好。

那天之后，大湖与小雅互加了好友。大湖开始经常找小雅聊天，问的都是关于小福的事情，还经常要小雅给他发一些小福的照片。

小雅知道大湖关注自己唯一的原因就是小福，不过她不在乎，只要能跟大湖说上话，她根本不在意对方真正的目的。

在那之后，只要小雅带着小福一起去参加社团活动，大湖就会始终黏在小雅身边，围着她转。如果哪次参加社团活动时，小雅没带小福，大湖就会只专注自己的事。

从旁观者的角度来看，大湖这个人情商有点低。不论怎样，这么赤裸裸地对人无视，自己却丝毫觉察不到有任何不对。

不过从小雅的角度来看，她把这看作是个性，是大湖的真性情。

那是大湖的生日派对,他请了社团的一些人和与他要好的同学。自然，小雅并不在邀请之列，但她还是出席了。她穿上自己最漂亮的一条裙子，抱着她的小福，来到派对寻找大湖的身影。

她想亲口对大湖说生日快乐，她想要大湖知道，自己对他的决心。

在吹蜡烛之前，她找到了大湖，递出了自己的礼物。

“生日快乐，学长！”

大湖的笑容凝固在脸上，他狐疑地看着小雅，问道：“你是什么时候来的？”

“我早就来啦，一直没机会把礼物送给你，还好赶上了。”

“可我根本就没邀请你。”

“邀没邀请很重要吗？”

“当然重要！没邀请就是不希望你来。”

“可我希望给你一份生日祝福啊！”

那天的大湖不知怎么有点生气，他随手拿起一块小蛋糕，对着小雅的脸就拍了过去。

整个生日派对都安静了下来，所有人都看到一个穿着漂亮裙子的姑娘，脸上被糊了一层厚厚的奶油，而她的手里还抱着她的狗狗，没办法抬手去擦掉奶油。

这时候有人机灵地喊了一声：“这是下一个环节开始了？大家来拍蛋糕吧！”

话音刚落，原本安静的派对回到喧闹之中，大家嬉笑着在派对上互相拍蛋糕玩。

至于小雅，她费力地一点一点弄掉脸上的奶油，然后在一片混乱之中，抱着她的小福离开了派对现场。

她没有哭，她害怕如果真的哭出来，那她最后的坚强也会彻底瓦解。

她不想放弃，她还不想放弃，她知道她心里仍然装着大湖。就算大湖践踏了她的自尊，她还是难以对他产生恨意。

那天，小福就待在小雅的怀里，身上也沾着奶油。可能连小福都无法理解，为什么一向温柔的大湖，会忽然变得那么凶。

小雅拨弄着小福被黏在一起的毛，她想起这么久以来，为了能接近大湖，她放下一切自尊，假装看不懂大湖的嫌弃，强行纠缠那么多次，到最后不过是在伤害自己。

那个真正在伤害她的人，或许根本不是大湖，而是她自己。

她继续在学校里读书，只是不再参加任何社团活动。毕业那天，她删掉了所有人的联系方式，试图忘掉那段不愉快的情感经历。

她只留下了一个简单的备份——那只与她拥有着共同记忆的小狗。

通心术

在狗友之间，常常会有一些传闻，时间久了，已经没人记得原始版本是什么了。大家都是把这些传闻当故事听，没有人会当真。不过在这些传闻中，有一个我还是深信不疑的。

原因很简单，那是我亲眼所见。

那天我正在午休，忽然被电话惊醒。电话那头是光子，他特别焦急，让我帮他转发寻狗启事。他的狗，丢了。

可怎么丢的，在哪丢的，他都不知道。光子说他就是一觉醒来，发现他的大树不见了。听他的意思，大树应该是趁着他睡觉，偷跑出去后再也没回家。

光子急坏了，他挨个给认识的人打电话，让他们帮忙转发寻狗启事。

他跟大树之间的交情，没有六年，也有五年了。我们开玩笑说这恐怕就是传说中的七年之痒，不过大概在狗的世界里，“七年”比我们人类的要短一点。但光子不让我们开玩笑，他说他已经焦虑到快要发疯了。

从光子给大家打电话那刻开始，所有人立马转发，并要朋友帮忙转发他的寻狗启事，但回复的所有消息，都是没找到。

后来光子觉得光靠手机转发还不够，朋友圈的传播范围终究有限，他决定用老办法，去街上发传单。刚好那天我没事，就跟光子一起跑了一趟。我们去了彩印店，打印了两大袋子贴有大树照片的传单，来到街头，一边给行人发放，一边贴在柱子和墙上。

我们发了整整一天的传单，后来实在累得不行，我们回了光子的公寓，两个人倒头便睡。

那天晚上我睡得特别香，所以当第二天早晨，我被光子用他练过拳击的手摇醒时，特别生气。

光子跟着了魔似的，瞪着大眼睛对我喊道：

“我知道大树在哪了！”

“啥？”

“我知道大树在哪了，你听我说，咱们两个现在就去，你开车，去我说的地方，大树就在那！”

我觉得他一定是疯了。

我拍了拍他的肩膀。

“兄弟，我知道你急，我知道你比谁都想找到大树。但这事不能操之过急，咱们慢慢来，还有一些传……”

“我看出来了，你不相信我。”光子有些为难，他抬手摸了摸自己的光头，“这样吧，你跟我走一趟，如果找不到大树，那咱们就回来，你说行吗？”

“我不是不想跟你走一趟，我是担心你现在的精神状态。你知道吗？你现在焦虑过度，已经出现幻觉了。”

“我也不知道是不是幻觉，但是我梦见了。不管怎么样，多个线索就多个希望，你就帮我这一次，行吗？”

我其实是犹豫的，但还是答应了。

“好吧，你说去哪儿？”

我们坐上了车，光子要去的地点是一条在郊区的公路，虽然距离他家并不算远，但是那里人烟稀少，说实话我有点打退堂鼓。

但我还是按照光子给的地点，一路开了过去，原本我以为并不远的距离，实际上非常远。我一边开着车，一边想，大树有体力光靠四条腿在一天的时间里走到这条公路上吗？

终于，我们到了光子说的那条公路，我刻意开慢了一些，可是我们走了很远连一只狗的影子都没看到。

我稍稍留意了光子的表情，当看到他眼中的光芒在一点点暗淡下去，我有点于心不忍。

前面有一处大的弯道，我小心翼翼地开了过去，当车转过弯后，光子忽然指向前方说："你看那是什么？是不是只狗？！"

我顺着他所指的地方望去，竟然还真的是只狗！

不过光子大概要失望了，因为大树是条金黄色的很健康的狗，而我们看到的，却是条棕黑色的非常瘦弱的狗。

那只狗耷拉着脑袋在公路上走着，应该是只没有主人的野狗，不知道它为什么会出现在这么偏僻的地方，这种地方连食物都很难找到。

"你能帮个忙吗？"光子忽然问我。

"什么忙？"

"你鸣笛把它吓走，让它别留在公路上，怪危险的。"

我心中不由得感叹光子的善良，于是把车停在路边开始鸣笛。

那只狗听到鸣笛声，从恍惚中清醒过来，它迅速跑开，钻进了公路旁边的树林里。

就在这时，一辆巨型大卡车忽然从转弯处驶了过来，如果刚刚那只狗并未被我们吓跑，那它就会被卷入车轮下。

突然冒出的大卡车把我和光子都吓了一大跳。

待回过神来，大卡车已经开得很远。我意识到一件事。

“咱们刚才是不是救了一只狗的命？”

光子惊魂未定，他点了点头，“好像是的。”

后来，我们坚持走完了那条公路，但并没有见到大树的影子。

我劝光子，或许大树真的在那条公路上出现过，只不过可能被跟我们一样的人用鸣笛给吓走了吧。我们可以在这附近再贴一波传单，说不定找到它的机会大一点。

光子苦笑，问我：“在这贴传单，给谁看呢？”

我心想也是，这条公路除了必经的来往车辆，根本不会有任何行人在此逗留。

无奈之下，我们只能带着遗憾离开。一路上我不断开解光子，虽然我们没找到大树，但终究做了件好事，可光子一路都沉默不语。

终于回到家，光子还未将公寓的门完全拉开，就听到屋内传来一阵狗叫声。我们进屋，却看到那个正在客厅里已经瘦了一圈的狗，正是大树！

光子几乎哭了出来，他立刻上前，对着大树又是抱又是亲，就像是遇到了久别的亲人般。

可我却惊魂未定。

我忽然觉得，这整件事情，很多巧合。

第一天，大树失踪，光子着急。第二天早晨，光子梦见公路，拉着我去公路找狗。我们到了，没看到大树，却救了另一只无辜的野狗。中午，我们回到家，居然发现大树已经回来了。

光子的公寓是二楼，大树很有可能是跳窗离开，也很有可能同样是跳窗而入的。但整件事情仿佛是策划好的一样，大树的失踪好像只是为了我们去救下远方公路上的一只野狗！

还有光子为什么在看到那只野狗时，第一反应是让我鸣笛帮他赶走那只狗呢？难道他已经预感到如果不赶走那只野狗，接下来会有不好的事情发生么？

当然，也许一切都是巧合，大树只是离开了又回来，而光子只是因寻狗心切才非要拉着我去公路，至于救下那只野狗完全是意外中的意外。

这样解释，一切就都说得通了，但是我永远都无法忘记，那天光子超乎寻常的执着，仿佛那条公路他不得不去，仿佛有什么力量在驱使他去。

我离开了光子的公寓，开着车往回走。在路上，我又想到了另一个可能性。

假设大树与光子之间真的存在通心之说，也许故事是这样：大树跟那只野狗曾经是好朋友，后来大树被人收养，那只野狗却继续在城市里流浪。狗与狗之间有奇妙的感知能力，某天，大树意识到野狗有生命危险，可它无法赶去救野狗，主人又听不懂它的话，它只好暂时消失，希望主人在寻找它的过程中，能救它的旧时好友一命。

这当然只是一个非常不靠谱的猜测，但真相如何，大概只有大树自己清楚，可惜人不能听懂狗的语言，于是秘密终究只能是永远的秘密了。

第4话

先离开的，总是有恃无恐

别摸我

最好的年华

囚徒

有时梦见你，有时想着你

别摸我

这个世界上，有人喜欢养猫，有人喜欢养狗。每一个人，他们选择宠物的理由一般都是喜欢这类宠物的某些特质。

比如，喜欢猫的人，通常都是被猫那种高傲的姿态吸引；而喜欢狗的人，则是被狗狗们的温柔和体贴打动，他们一般都喜欢亲密感。

不过，并不是所有的猫都不粘人，也并不是所有的狗都粘人。当一个喜欢亲密的主人遇上一只喜欢独处的狗狗，那事情恐怕就不那么美好了。

小舒就是这么一位可怜的主人。

在领养可可之前，小舒特别喜欢逗姐姐家的小狗，那只小狗特别可爱，总爱往小舒的怀里钻。从那时候起，小舒就有种奇怪的感觉，当小狗钻进他怀里时，他的感觉是充实的、满足的；而当小狗离开他时，他会莫名产生一种悲伤感。

当他这么对姐姐说时，姐姐建议他也养一只差不多的小狗。

“你大概有恋狗综合征吧，养一只小狗就能治好啦！”

他听从姐姐的话，从领养中心带回了一只长着白色绒毛的小狗。它的毛并不像姐姐家的小狗那样柔顺飘逸，而是带着一点小卷。于是，小舒叫它卷毛。

带卷毛回家的第一天，小舒觉得他的人生终于要开始完整了。那时候，他还没有发现卷毛的不同，虽然他抱着卷毛时，对方没有半点反应。他只是觉得这只狗有点懒惰，不像其他小狗那么活泼。

回到家后，虽然卷毛仍然对他的热心关怀毫无反应，但小舒认为，这是因为卷毛还不适应他这个新主人。反正来日方长，过几天一切就会好起来的。

但过几天并没有好起来。

小舒最喜欢做的事情就是摸小狗身上的毛。以前，每次他摸姐姐家的小狗时，小狗看上去都十分舒服，这让他充满了成就感。对卷毛，他也打算如此。所以第二天，当他回到家抱起卷毛坐在沙发上，开始抚摸卷毛时，卷毛却立刻从他怀里挣脱，跳到地上。

这倒新鲜，小舒哑然失笑。

小舒再次去抱卷毛，然而这次卷毛连抱也不让抱了，干脆躲到一边。当他想再度接近时，却感觉到它充满敌意的眼神。

小舒有点不爽，他好吃好喝地照顾着卷毛，怎么自己没得到半点感激，反而换来了敌意？不都说狗是喜欢亲近主人的吗？为什么这只狗却对他如临大敌？

他安慰自己，要想建立跟狗狗之间的亲密关系，必须得有耐心。如果他在不恰当的时候发脾气，造成的裂痕可能今后都没办法修复了。

于是，他尽量压下心中的怒气，耸了耸肩。

“不给抱就算啦，等你心情好的时候再说。”

小舒这么说着，有点沮丧地抱起了一旁的游戏机，打开电视玩游戏。

事情并没有如小舒料想的那样，慢慢地变好。

他发现，卷毛的心情根本没有转好的一天。不论任何时候，他只要去抱卷毛，或者是摸卷毛，都会被卷毛嫌弃。他与卷毛之间唯一的交流，只有在他给卷毛递狗粮的时候，卷毛会乖乖到他面前吃东西。

小舒心想，他听说过猫不喜欢主人碰，还没听过狗也不喜欢呢！这样下去，他不但没有因为养狗这件事收获好心情，心情反而越来越糟了！他甚至想，要不干脆把卷毛送回领养中心，或者送给别人。

在与姐姐一起遛狗的时候，他把这个想法对姐姐说了出来。

“所以你觉得卷毛没给你带来快乐，就不想养它了吗？”

“你说呢？”小舒说，“我养狗本来就是为了能获得快乐，如果连最起码的需求都得不到满足，我为什么还要养它？”

“你的满足感就建立在狗狗让你摸让你抱的基础上吗？”

“不然呢？”

姐姐叹了口气，说：“你有没有想过，狗也是一个独立的个体，它也有自己的喜怒哀乐，它不是你的奴隶。”

小舒有点不好意思，“姐，我也没把它当奴隶。”

“怎么说呢？我觉得，任何事情都是相互的，就算狗的存在是为了取悦人类，可人还是应当给予狗狗足够的关怀和尊重。当然这只是我自己的想法，不强求别人接受。”

“你说得太严重了，我只是想要一只能让我摸摸抱抱的小狗。”

“可你选择了卷毛，这就是你们的缘分，不是吗？”

听了这话，小舒也无法反驳，只能叹了口气道：“你说的确实没错。”

既然是缘分，那小舒领养了卷毛就是命运的安排。而且姐姐说的也没错，他在希望卷毛带给他快乐的同时，也应该多关心下卷毛。

比如卷毛为什么讨厌跟人亲近。

他知道患上自闭症的人很难跟他人亲近，难道说这只小狗也患有类似的病症吗？可这种宠物精神方面的问题，他该去找谁呢？难道有专门医治宠物精神问题的医生吗？

他问姐姐，没想到还真有，他居住的城市就有。

姐姐把那家宠物医院的地址发给了小舒。收到地址的那一刻，小舒忽然觉得，他应当为卷毛付出一些努力。

他的内心忽然充满了责任感。尽管几天前他还在考虑把卷毛送人，但这一刻，他意识到，既然领养了卷毛，他就应当对其负责到底。

而当小舒从医生口中听到卷毛确实存在心理上的问题时，小舒意识到自己对卷毛的关心不足。

“它很难跟人建立信任关系，你可以在它的成长过程中找找原因，再对症下药。如果可以，最好能找到它的前主人。”

“我怎么可能找得到它的前主人？”

“小狗的记忆力一般都很好。如果在本市，你带它多走走，说不定它能认出前主人的住处。”

他看向椅子上的卷毛，或许是卷毛的神情太过凄然的缘故，那一刻，他忽然觉得，卷毛很可怜。

回想从前，虽然卷毛一直不让他抱，也不让他摸，可从来也不给他惹麻烦，只是安静地待在一边，若有所思。卷毛的举动让他很不爽，但说不定在卷毛的眼里，他更是个不好相处的主人呢。

于是，小舒开始带卷毛去那些他们没去过的地方。在这个过程中，小舒发现，尽管这是他从小生活的城市，但许多地方连他自己都没有去过。原来这座城市里有很多美丽的建筑，有一个十分美丽的湖泊。

带着卷毛在全城游走的时候，小舒发现它原本阴郁的个性渐渐变得开朗了，甚至有两次他抱着卷毛坐在沙发上时，卷毛也没有挣脱。

但是最后，他们走遍了全城，卷毛没对任何一个地方有反应。

或许卷毛过去并没有在这个城市生活过，或许卷毛对过去的主人也是同样的漠然。这场寻找卷毛回忆的行动，算是彻底失败了。

但是，他们也有不少意外的收获，比如小舒重新认识了这个他从小就生活的城市；卷毛与小舒开始建立起信任关系；同时，小舒终于意识到，他内心缺失的那一角需要一份责任来补全。

从小到大，他都是家里最受宠的那个。爸爸、妈妈、姐姐，没有一个不全心全意地爱着他。只知道接受从没有付出过的小舒，根本不知道被需要是种什么样的感觉，所以当抱起姐姐家的狗狗时，他能感到充实，因为那一刻他意识到自己是被需要的。

虽然卷毛大多数时候仍然不让他摸和碰，可卷毛是需要他的。它需要小舒保护它，也需要小舒给它的内心重新填满阳光，赶跑阴霾。尽管小舒也不知道它为何看上去总是不快乐，但只要他付出足够的耐心和努力，那些阴霾终会一点点被驱散的。

小舒在那场失败的全城搜索行动结束后，再没有说过要抛弃卷毛。他与卷毛之间已经建立起了一种无可替代的联系。

而他与卷毛之后的路，还有很长。

最好的年华

笑笑已经很久没在人前笑过了。

笑笑的故事，前前后后跨越了近十年。用她的话说，回忆起十年前，她的记忆其实是模糊的。

那时候她在读高中，正仰慕着当时高她两届的学长。学长读高三，正面临着高考，她不敢去打扰学长的学习，只是悄悄在心底暗恋着。她唯一能够大方望着学长的场合，只有在学校举办文化活动时。那时，学长会上台唱几分钟的歌。

她第一次看到学长是在迎新晚会上，她记得那天舞台上的灯光十分炫目，学长穿着一身白衣，唱了一首英文歌，忧郁而深情。后来从同学的口中，她知晓了学长的名字，知道了他感情上的一点事。

后来学长毕业，去了另一个城市上大学，笑笑从此确定了自己的目标，她一定要去学长的城市读大学。

笑笑很努力，心无旁骛地读完了高中。高中毕业，她考入了一所名牌大学而那所大学正在学长去的S市。

在S市，笑笑加了一个QQ群，群里都是身在S市的高中校友，笑笑观察了将近一个月，终于确定了群里谁是学长。她花了点心思，开始重点观察学长的发言，每一次学长说了什么，她就会跟着发表见解。但她的话说得很高明，别人完全看不出她是在附和学长。

一次、两次、三次，次数多了，经常与学长站在同一战线的笑笑终于引起了学长的注意。他开始单独与笑笑对话，希望能与笑笑有更多的交流。

笑笑知道自己终于成功了一步。

大学是个可以尽情展现自己个性的地方。原本简单的笑笑，开始学习穿衣，学习化妆，她希望可以尽可能多地赢得学长的注意。她从来都是一个很努力的人，努力地学习、努力地生活、努力地暗恋、也努力地想把这份暗恋变为现实。

一个周末，学长来到笑笑的学校，要请笑笑吃饭。

见面时，笑笑尽量保持着冷静，以对待朋友的态度与学长交谈，以求尽量不让他看出自己当时的心情是有多么激动。

笑笑小心翼翼地维持着与学长的友谊，他们从每个月见一次面变成了每周见一次，这样的交往持续了两年，笑笑从未敢吐露心扉。尽管她知道学长并没有女朋友，可她仍然不敢因一时冒失而失去一切。

大二快结束了，在笑笑考完期末考试的最后一科后，学长穿着她第一次见到他时的那件白衬衫在她的宿舍楼下等她。阳光下，他看起来是那样美好。学长问她，要不要做他的女朋友。

笑笑忘了那天她有没有哭，只是许多年后，每当回忆起那一刻，她都认为那是她人生里最幸福的一刻。

毕业后，学长去了外地工作，笑笑开始了与学长的异地恋。

很快，笑笑也毕业了，她留在了 S 市。因为学长说过，等他积累了足够的工作经验就会去S 市发展，结束两个人的异地恋生活。笑笑带着两人相聚的希望，坚持着一个人的艰难岁月。

她找到了一份薪水比其他很多同学要高出一倍的工作，但是相应的，她的工作也会辛苦许多。她每天都很疲惫，为了让自己的生活更有生气一些，她养了一只小比熊犬，作为她孤单生活的唯一慰藉。

这只小比熊犬叫软软，每一次笑笑被工作的压力淹没时，她就会把软软抱在怀里，让它在自己的怀里撒娇。这时，她的心情便会平静下来。

软软成了笑笑生活中唯一一道彩虹。它是那样乖巧懂事，又善解人意，从来都不会跟笑笑闹别扭，哪怕偶尔发点小脾气，也只是让它显得更加可爱，更加惹人心疼。

学长每隔几天就会与笑笑进行视频通话，那是笑笑的另一个精神慰藉，更是她力量的源泉，未来与学长一起生活是她全力工作的动力。她甚至想象过未来他们会买一个什么样的房子，里面会是怎样的装修风格。

为追求梦想而产生的动力是无穷的，为了尽早攒够两个人的买房首付，笑笑有时候一个人做两份工，只为多赚点加班费。为了能让自己有更大的升职优势，她常常会在家加班到凌晨三四点钟，甚至有时候整整一周，她的睡眠时间加起来都不到二十个小时。自己的生活顾不过来的时候，软软也会跟着遭殃，常常是她想起来要给它喂狗粮时，距离上一次喂狗粮已经过去一天了。当笑笑一面手忙脚乱地倒狗粮，一面不住地向软软道歉时，它总是歪着头看着她，一点也没有生气或是埋怨的意思。狗粮倒好后，软软总是先在笑笑的手掌心里亲昵地蹭蹭，然后展露出比熊犬特有的“吐舌笑”，每每都能让笑笑的心里暖暖的。

学长每到月末就会问笑笑要钱，笑笑有时候也会埋怨，怎么工作都两三年了，他赚的钱还不够花。而学长的答案很简单，因为他要提升自己，他报了学习班准备考证。

后来，学长的工作渐渐忙起来，笑笑的工作也忙，慢慢地，他们见面的次数越来越少了。那时，笑笑的想法很简单，不见面也没关系，只要她攒够了钱，等学长一过来，他们立刻就能结婚。

就这样，笑笑等了一年、两年、三年。

她忙碌地赚钱，在忙碌中等待。可她觉得一切都是值得的，她曾经暗恋学长那么久，曾经为了得到学长的青睐努力了那么久，现在只要再耐心等待一段时间，一切就会美好起来。

在这几年里，她并不是没遇到过优秀的追求者，但她连半点机会都没给过对方，她绝对不会做任何对不起学长的事情。

到了第五年，有一次她在网上遇到了高中同学，同学聊起了学长，毕竟当年学长在他们高中也算是风云人物。笑笑有点得意，想告诉同学，这个风云人物已经是她的男朋友了，但这句话还没发出去，就看到同学先发过来的消息。

“听说他半年前结婚了，大学时就开始谈的，两人恋爱挺久的，好像大学时那女孩还为他打过胎。”

笑笑的第一反应是这个同学可真会胡说八道。

但接下来的话让笑笑开始坐不住了。

“听说他一直有一个备胎，被他当提款机用，他还到处炫耀这件事呢。据说对方到现在都不知道他结婚了，连他大学时有女朋友都不知道，月月给他打钱花。”

笑笑只觉晴天霹雳。

“你说真有这么蠢的人吗？一个月两个月也就罢了，那可是好几年啊！就被他骗得团团转？我要是那个女的非得气疯了，不过他的手腕可真高明啊……”

笑笑直接把手机丢在了一边。正在玩着骨头玩具的软软看到笑笑情绪不对，跑过来关切地看着她，她把软软抱在了怀里，无力地倒在床上，连哭都哭不出来。

她想起每次去看望学长，两个人的约会地点都是星巴克或者肯德基。学长从没带她去过他租的房子，理由是太脏了。她想起有时候她给学长发视频邀请，对方却根本没有接受，过了很久才回复她说没看到。

她的心逐渐冰冷，但她还是想相信学长。

她开始联系其他高中同学，她疯狂地给每一个高中同学发消息，有的人她已经几年没联系了，而她一开口就是问对方，学长是不是结婚了。

有些人没理她，可能是换了号码；有些人回复说不知道；而有几个人给了她明确的答案——是的，他结婚了。

笑笑还是不想相信。

终于有个人说，他结婚了啊，我还去参加了婚礼，我给你看看照片。

她终于看到在婚礼上一脸幸福的学长，手挽着一个她不认识的女孩子。

她的世界在这一瞬间突然暗了下去。

她不明白自己为什么会相信那些拙劣的谎言，还相信了这么久。

她在自己最好的时光里，把一切的情感都献给了那个她梦中的人，而那个人，亲手把她的梦彻底摧毁。

她绝望了，心情跌入谷底。

忽然，她听到了一声哀鸣，她发现自己不知何时将软软紧紧勒住，几乎要勒断软软的骨头了。

软软的双眼流出了泪水，这是笑笑第一次看到软软痛苦哭泣的样子。

“天啊！对不起，对不起……”

她开始不停地给软软道歉，虽然受伤的是她，可她却在无意中将这份伤害施加给了另一个完全无辜的小生命。

后来的日子，笑笑究竟是怎么过的，她自己没说，身边的朋友也没有多问。唯一能确定的是，在她差点陷入了绝望深渊的那一刻，是软软将她拉了回来。

那段最美好的年华，是软软陪她走过的，而如今这段难熬的岁月，也将由软软陪她一起走过。生活还将继续，只要有它相伴，一切都能顺利熬过去。

她相信。

囚徒

枫子说他是个囚徒。

他这么说时，我正喝得半醉。我嘲讽似地笑着说，谁不是呢？

他点了点头，说：“没错，大多数人都是，只不过大多数人意识不到，我能意识到。”

“你意识到了，就说明你可以解放了。”

但他摇了摇头，说：“解放不了，囚徒之所以是囚徒，是因为他们渴望着高墙外的世界，却无法到达。”

我有点伤感。

关于枫子的故事，要从他毕业后一年多开始说起。

那时候他年轻气盛，意气风发，发誓要出人头地，两年买车，五年买房，这是他给自己定的目标。

可惜许多时候，人们越是期望拥有的东西，就越是难以获得。

其实枫子很聪明，又能干，想要实现目标也不是完全没可能。但这个世界并不会永远如你所愿，就算你已经准备好了要百米冲刺，也可能有只大象来到你的跑道上，半天都不动。

枫子没有遇到大象，他交到了一个女朋友。

这个故事我不知道该从哪里开始说起，当我看到他以完全不符合他年纪的那种目光看着身边的大 J 时，我想，这个故事或许应该以大 J 作为开端。

当大 J 还是小 J 的时候，它的主人并不是枫子，而是小叶，小叶是枫子当时的女朋友。小叶很疼小 J，有什么好吃的都会分点给它。用她的话说，她跟小 J 是相依为命的共生体，只要有她一天，就有小J的一天。

那时枫子与小叶的恋爱充满了甜蜜。小叶懂事又善解人意，枫子呢，因为从小被惯坏了，喜欢对小叶撒娇，小叶就会像个姐姐一样哄着宠着枫子。当时，在所有人看来，枫子无疑是个非常幸运的人。

不过，每个人都有自己的难处，枫子虽然在外人面前看上去十分幸福，可他也有一些解不开的心结，比如小叶对自己家庭无底线的付出。

小叶有一个姐姐和一个弟弟。姐姐高中毕业就去了大城市打工，赚的钱大部分都寄回家里贴补父母和弟弟。小叶原本也打算高中毕业就出去打工，但是被姐姐拦住了。姐姐说，小叶学习好，明明可以考上很好的大学读书，不应该就这么荒废了。那时候，父母希望小叶也能出去打工，他们觉得一个女孩子读再多书都没有用，不如早早出去赚钱。所以，他们很早就放出话，就算小叶去读大学，他们也不会出一分钱。

小叶是很乖巧的姑娘，不想忤逆父母的意思，但是姐姐私下对她说，没钱读书没关系，缺多少姐姐给她。小叶觉得这样不大好，姐姐在大城市打工，本来就要贴补家用，如果再拿出一部分钱给她，那压力就太大了。可是姐姐坚持并且告诉她，唯一能够报答姐姐的办法，就是好好学习，毕业后找份好工作。

小叶心中难过，但她还是接受了姐姐的建议。她当时就下定决心，大学毕业之后，一定要尽快把姐姐给的钱都还清了。

在小叶大二那年，姐姐嫁给了一个大她将近二十岁的生意人。小叶知道那不是姐姐的本意，但姐姐需要钱。

姐姐嫁人之后，不但继续承担小叶的学费和生活费，还额外给小叶买昂贵的手机和背包。小叶并不想接受，她明白，姐姐看起来过得光鲜，但内心是孤独的，她把每一次姐姐给予东西的价格都记录下来，希望日后能还清。

其实她最想做的事情是让姐姐离开那个她不爱、也不算真的爱她的人。可她没有资格，也没有能力去劝慰姐姐。并且就算姐姐下定决心要离开，已从这段婚姻中获得了太多好处的父母也不会同意。

所以小叶只能忍耐，她在忍耐中努力学习，一直到毕业工作。

小叶与枫子的相识是在校园里，整个过程都很浪漫。他们努力维持着这份浪漫，小叶从来不对枫子说起她的家庭，而枫子，觉得小叶就像是从书里走出来的完美女孩。

大学毕业后，当他们都开始工作了，枫子这才发现小叶的另一面。他发现小叶总是拼命地工作，但是生活又非常的简朴。他们约会从来都不去那些需要花钱的地方，他们没看过电影，吃饭都是随便选个路边摊。读书的时候，枫子觉得这是独属于学生时代的浪漫，但是工作之后仍然这样，枫子就有点不太高兴，尤其是看到周围的情侣去剧院、游乐场时，他会觉得他俩特别的寒酸。

枫子能理解小叶的节省，节省是美德。可就算枫子很早之前就说明由他负责买单，小叶还是不愿意让枫子花这个钱，她说不想对枫子有亏欠。可这种解释只会让枫子更加不爽，明明两个人都已经在交往了，却在衡量彼此得失，这让枫子觉得，小叶与自己在一起毫无真心。

枫子知道小叶的弟弟打算去美国读研究生，留学的费用需要小叶和姐姐一起出，可是这样无止境的付出给小叶换来了什么呢?弟弟连个电话都懒得给小叶打，打了就是要钱，仿佛小叶只是他的一个取款机。

当然，除了这一点，小叶完全可以称得上是个完美的女朋友了。做饭好吃，又体贴人，还经常给枫子整理房间。

这样的日子持续了几年，终于两个人到了谈婚论嫁的地步，双方家庭需要见面了。

枫子永远记得，那天在一个高档的饭店，双方父母出席。在说了些无关痛痒的客套话后，小叶的父母就开始提出各种要求，要求枫子家全款买房，还要枫子承诺婚后会继续支持小叶弟弟的学业，以及毕业后支持他买房。

枫子不会忘记，那天他父母的表情有多么难堪。

回到家后，父母告诉枫子，房子车子都能商量，婚可以结，但是其他要求绝对不能满足。

枫子开始跟父母吵，吵不过了就回去和小叶吵。吵到最后，什么难听的话都说出来了，而小叶只是沉默。

当枫子对小叶发脾气时，小 J 就对着枫子不停地叫。小 J 是小叶从家里带回来的，家里的母狗生了一堆小狗，父母嫌狗太多了想要丢掉，小 J 就是小叶从他们手中 “抢”回来的唯一一只。那时候它落魄得很，小叶将小 J 带回来后，她总是尽可能地给小 J 她能给的一切，仿佛对小 J 好一点，就是对自己好一点。

吵过之后，小叶不反驳，也不生气。她说，她可以再多赚些钱，在结婚之前赚够给弟弟的钱，婚后就不用再给了。枫子没说话，甩下一句随便你。

从那之后，枫子对小叶愈发冷淡了。

半年后的某天，正在上班的枫子忽然接到来自小叶的电话，可接通之后，对方却说是小叶的同事。电话那头告诉枫子，小叶在工作时忽然晕倒，送到医院就不行了，死亡时间是两分钟前。

枫子脑袋一下子就懵了，他拿起包就向外跑，打车去了医院。

医生告诉他，小叶是猝死，是长久以来太过劳累的缘故。

枫子想起小叶说过，她要拼命赚钱，赚够了给弟弟的钱就结婚。

他想起小叶说过，她是真的想跟枫子好好过日子，不亏不欠，不受干扰。

他想起小叶说胸口最近总是不舒服，而他的回答是，女人就是矫情。

而如今，这个矫情的女人，忽然就离开他了，而在她临死前，她还在工作。

后来小J就成了枫子的狗，他把小J养成了大J，但小叶却永远都看不到了。这么多年，枫子不谈恋爱，一人一狗过着孤独的日子。他说大J是他的枷锁，将他永远锁在悔恨的牢笼。或许有一天，当大J变成老J，离开人世之后，他才能从这囚禁的状态中解脱出来，但他却宁愿把大J养得健健康康的，努力让这囚禁的时间变得更久一些，仿佛这样的责罚才能偿还他对小叶的亏欠。

其实他也好，曾经的小叶也好，小叶的姐姐也好，他们都是囚禁自己的囚徒。小叶的死亡让她获得了真正的解脱，小叶的姐姐仍然在囚牢之中，而枫子，则是自愿服刑。

我觉得他们都是被命运操纵的可怜人，不过谁又不是呢？

有时梦见你，有时想着你

小语住在城里的某栋公寓内。这栋公寓里住的大部分都是租房客，他们来自世界不同的角落。

因租金太贵，小语选择了合租，而碰巧与她合租的是位单身的男性。起初她怕会引人非议，并不想住进来。不过那时候她急着寻找住处，而且这个男人看起来比较正人君子，她还是硬着头皮住了进来。

让小语感到宽慰的是，当她住进来后，发现对方果然是个非常好的人。他很体贴，而且温柔，还养了一条金毛。那条金毛犬训练有素，没有打扰到小语的正常生活。

起初，他们保持着井水不犯河水的礼仪，随着他们慢慢变得熟络，小语开始热衷于逗他的金毛玩。他做菜前也会问小语要不要给她也做一份，当他渐渐摸清楚小语的喜好，干脆连问也不问，直接做两个人都爱吃的饭菜，一起在客厅吃晚餐或早餐。

这种关系有点奇怪。小语觉得他们应该算是朋友，但是又保持着一定的距离。或许是因为合租的关系太过敏感，他们都不敢太过放肆以免引起对方的反感。

不过还好有大金毛在，气氛很容易就变得和谐。她经常给大金毛买吃的，有时候他忙了，她也会帮忙带大金毛出去散步。

他比小语大了5岁，各方面都比她要成熟许多。小语觉得他就像是自己的哥哥，她可以随意对他撒娇，还可以与他分享自己的烦恼。

小语说不清楚自己对他究竟是一种怎样的感情。她曾梦见过他，梦见他挽着她的手，身边是无忧无虑的大金毛。

他对金毛非常温柔，与小语聊得最多的，也是金毛。比如，今天它又做了什么蠢事，之前它做过什么蠢事，它最喜欢吃什么，它喜欢被人用哪只手抱着……他是个性格沉稳的人，可是每次谈起金毛，总是眉飞色舞。当大金毛来找他玩时，不论他多么疲累，也会瞬间有了精神。

这种温柔有时候也会延续到小语身上，当小语幸福地吃着他做的小点心时，他也会用那种看着大金毛时弯弯的笑眼看着她。

一切似乎很美好，可小语总觉得差了点什么。

直到某一天，当他带着另一位女孩来到这间公寓时，她终于意识到他们之间究竟差了什么。

那天她心情很糟，说不出的糟，原本的甜美变成了无尽的酸楚。她终于意识到，在不知不觉中，她已经把他看作特殊的存在。他们并没有恋爱，但小语想不出自己会与他之外的人成为恋人，也无法接受他与另一个人谈恋爱。

那天，他把那个女孩送走后，小语很不开心地问他为什么要瞒着自己。他一头雾水，完全不知道自己做错了什么。

“你交了女朋友，为什么从来没跟我提过？”

他一脸诧异地看着小语，仿佛在说，我交了女朋友，为什么要与你说?

但他只是耸了耸肩，“不好意思，不知道你在意这个。我们交往三个月了，现在跟你说了哦。”

小语忽然觉得，她所认为的那些两个人之间独一无二的关系，不过是她的错觉。原来他对自己那么好，不过是在维护合租伙伴的友好关系罢了。

那天晚上，小语心情很差，她戴着耳机，反复听着那首《暖昧》，独自体会着那句“暖昧让人受尽委屈”。

他晚上出门了，大金毛无处可去，便来到小语的房间里，此时的小语正需要一个伴，他们在床上依偎着，彼此取暖。

小语不知何时哭了起来，她就这样一边听着歌，一边抱着金毛，在床上沉沉睡去了。第二天当她起床时，身边的金毛睡得正香。

这样也好吧，小语心想，就这样与金毛相依为命。只可惜，人不是她的，狗也不是。

看得出来，他的恋爱进行得非常顺利，回公寓的时间越来越晚，更不用提在公寓里做饭了。小语已经很久没吃过他做的饭菜和点心了。有一次小语买了饼干，想要喂金毛吃，忽然发现它已经瘦了一圈了。

小语感到一阵的辛酸，她抚摸着金毛的头说：“来，我带你出去吃顿好的！”

她带着金毛离开了公寓，到了一个外面有露天餐桌的餐馆。她要了一整只烧鸡，把一半的鸡肉剔出来分给金毛。就这样，一个瘦小的女孩，跟一只落寞的金毛狗，坐在餐馆外面靠近街边的位置上，分吃着一只香喷喷的烧鸡。

金毛一改往日的绅士风度，大大咧咧地吃着鸡肉。至于小语，她更是完全不在乎会不会弄脏衣服，会不会露出丑态，只是痛快地掰着骨头，啃着鸡肉。她还要了两瓶啤酒，一边吃，一边喝，慢慢就流下泪来。

她觉得自己太矫情，明明只是一个合租伙伴，明明只是她自己想太多，她干吗弄得仿佛自己失去了一切一样？

从那天开始，当他不在公寓时，小语就会照料金毛，有时候她会买只鸡，一人一狗在公寓里边看电视边啃鸡。至于他，甚至都没有留意到金毛是否有吃过东西，有时候小语怀疑他说不定已经忘记了金毛的存在。

后来，有一天，他问小语是否可以换个公寓，因为他女朋友想要住进来。他提出可以补偿小语在换公寓期间的一切损失，甚至可以加倍赔偿。

小语问：“那金毛呢？”

“我走之后，你和你女朋友养它吗？”

他为难了，但眼睛看也没看金毛一眼，“我看你挺喜欢它的，要不我送给你吧，Anna 不大喜欢它。”

小语点了点头，她知道，他已经不再是那个爱着金毛的他了，他所有的爱和所有的温柔，全部给了另一个人。

她不敢去看金毛，她害怕金毛的神情会让她彻底崩溃。她同意了他的提议，并且拒绝了他的补偿。

她用一周的时间找到了另一间公寓，租金比原来的住处贵一些，但距离自己上班的地点比较近，她可以不必每天坐地铁上下班了。

一周后，小语带着金毛离开了那栋公寓。坐在出租车上时，大金毛总是不停地回头望，小语忽然觉得，金毛与她一样，也依然对他充满想念，这份想念或许要持续很久很久了。

不论如何，这段经历都值得铭记。至少对小语和金毛来说，与他相处过的日子代表曾经走过的路。

第5话

陪伴，远比蜜语来得实在

见证人

所有的遇见，都是命中注定

如果还有来生

爱，终究会成为往事

见证人

收养UU的时候，正是大于与小薇相识三年的纪念日。

那天大于问小薇，我们可以一起养条小狗吗？于是，UU来到了大于和小薇的公寓里。

大于和小薇的相识充满了戏剧性。那时大于大三，那天他在参加学生会组织的活动，一个矮个子女生从后门偷偷溜进了教室，在大于身边坐下来，并在气息稳下来之后，拿出水杯喝了口水。

大于侧过头看她，发现自己从来没见过这个女生。但他觉得这个女生十分特别，如果是自己学院的，必定会印象深刻。可是他想了很久，却没有关于她的任何印象。

他想问问女生是几年级，哪个班的，可是他心中难以名状的悸动让他暂时失去了说话的能力。而这个女生发现大于正看向自己，竟偏过头朝他笑了笑，那个笑容像是经过艺术渲染的照片，在大于心中留下了难以磨灭的印象。

但他们的交流也仅限于此了。在开会期间，大于装作不经意地看了女生几眼，发现女生正皱着眉头，一副很迷惑的样子。

终于，在会议进行到一半的时候，她悄悄地问大于：“这个是J院的会吗？”

大于一愣：“这是S院的会啊。”

女生顿时露出一副“生无可恋”的表情。

“进错教室了……”

大于很想笑，但是他又不想在这个关头幸灾乐祸：“现在出去还来得及。”

“算了，都开到一半了，我就将错就错吧。”

大于终于忍不住笑起来，他觉得这个女生真有意思。

在会议的后半段里，两个人开始交换姓名、班级和联系方式。大于知道女生叫小薇，知道她喜欢画画，喜欢打空手道。大于说这是一场缘分，它始于一个有趣的错误。

那天之后，他们做了两年的朋友，两年之后成了恋人。

大于先毕业，毕业之后租了一间公寓，小薇毕业后直接住进了这间公寓，两个人开始了甜蜜的同居生活。不过，由于两个人的工作都不稳定，所以他们始终保持着恋爱关系，并没有谈论过有关婚姻的话题。

就这样，他们做了三年的恋人，到了第三年的秋天，大于提出要养一条小狗。

其实大于并不只是想养一条小狗。很早之前，他就在考虑与小薇结婚。他们俩是甜蜜的，但仿佛又差了一点火候。

大于思前想后，他意识到差的这点火候就是责任。婚姻与同居的最大区别就是婚姻多了一份责任。进入婚姻后，两个人都要为共同的人生负责，可同居不一样，两个人不论多么亲密，始终是独立的个体，需要负责的也只是他们自己。

大于不敢轻易谈婚姻，但又希望能与小薇之间建立更多的责任关系，所以他想养只狗来培养两个人的责任感和配合度。

UU 就这么来到了大于和小薇两个人的甜蜜世界之中。

它是一只大型牧羊犬，个性憨厚，总是用有点呆傻的眼神看着周围的人。他们俩对 UU 那是真好，给予了他们能给予的一切。我们常开玩笑说，从对待 UU 的方式上，就能看出他们未来的宝宝将在怎样“惨无人道”的溺爱中成长了。

在 UU 来到大于和小薇公寓的第二年，大于要出一趟公差，时间大概要持续半年多。

小薇早已经习惯了大于的陪伴，忽然要分开半年，她觉得有点难以接受，可她又不能拖大于的后腿。她压住心中的不快，鼓励大于好好工作，多注意安全，并给自己做足了心理建设，她觉得半年而已，自己应该足够应对。然而现实永远是出人意料的。

大于离开后的第一周，小薇觉得还好，不过是孤单一点。

大于离开一个月后，小薇感到深深的不习惯。在这个家里，每天做饭的人是大于，负责遛狗的人也是大于，如今，这些全都变成小薇一个人的事情了，这并不容易。

然而，就在她不断给自己进行心理建设的时候，一次意外事件彻底将她击垮了。

那天是半夜，平时晚上总是睡得很好的 UU，不知道为什么忽然在客厅里活动起来。就听“当”的一声，小薇从梦中惊醒，紧接着，她就听到了 UU 的哀鸣从客厅传来。

她迅速跑出去，只见放在客厅里的小衣柜倒了下来，刚好砸在 UU 的腿上。

她立刻去扶起衣柜。当衣柜被扶起来之后，她看到倒在地上的 UU 腿上不住地往外涌出鲜血。

小薇立刻找来纱布给 UU 裹上，接下来她就不知道该怎么办才好了。

思前想后，她拨打了 110。

还好，值夜班的警察赶到了，他们帮小薇把 UU 送去了最近的宠物医院。到了那边，在感谢过警察，并把 UU 送到检查台上后，筋疲力尽的小薇颓然地倒在座位上。

她终于体会到，要一个人生活，尤其是还要照顾一只狗，这是多么艰难的事情。

半年后，大于回家了，但迎接他的并不是那个温柔甜美的女友，而是一个满腹怨气的女人。小薇对大于哭诉这半年来她过得多么辛苦，她想把 UU 留给大于，自己去开始全新的生活。大于万万没想到自己出差半年，回来得到的竟然是一个近似分手的决定。

大于埋怨小薇太娇弱，不能在生活中独当一面，而小薇责怪大于看问题太简单，不能用成熟的心态去处理事情。两个人就这样一拍而散，无辜的 UU 趴在大于的身边，傻傻地看着正在发生的一切。

对于一对真正相爱的人来说，分手是无比痛苦的。

好在大于还记得对 UU 的责任，不论他多么悲伤，多么绝望，都没有忘记给 UU 做好吃的，带 UU 出去散步。

失恋的打击是巨大的，他已经心如死灰，可生活还要继续。

两个月后的一天，小薇突然敲响了大于的房门，要取落在这里的东西。大于没说什么，让她进了屋。

她进屋之后，这里找找，那里翻翻，房间里气氛诡异。大于偷偷看着她的背影，满眼酸楚。

这时候，UU 看到小薇，忽然冲过来，欢快地叫了起来，那是充满思念的叫声。

小薇停下了手中的动作，她的肩膀在抖动，大于看得出来，她正在哭泣。

大于一下子没忍住，从身后抱住了小薇。小薇也转过身，趴在大于的怀里放肆地哭了起来。

就那样，两个人和好如初。

平静下来的时候，他们开始总结两个人以往相处过程中的不足之处。

他们知道，只有彼此成长起来，他们才能拥有一个更稳定也更美好的未来。

三年之后，他们结婚了。婚礼上，UU 戴着花环，看着他们一步一步走进了教堂。我们都觉得 UU 是只特别幸福的狗，因为它见证了一段真正有泪有笑而又坚固的爱情。

所有的遇见，都是命中注定

又是阴天，已经连续一个星期没有出太阳了，天空阴沉沉的。路边落完叶子的枝杈，光秃秃地伸展着。

大雅回过神来，对面的算命先生还在摸着胡子，嘴里念念有词。已经一个多小时了，除了刚开始看了看大雅的脸，拿着笔写写画画外，他就是这样一手拿着写着大雅“生辰八字”的纸条，一手捻着胡子。其实，大雅从来就不信这种东西，但架不住妈妈的威严，连拉带拽地把她“牵”到了这里，只为算算大雅什么时候能结婚。

就在大雅快受不了的时候，算命先生终于换了个姿势，抬起头盯着大雅，摇了摇头。

大雅赶忙说：“妈，你看吧，时候未到，时候未到。我还有事，先走啦！”

话音刚落，大雅迅速拉开门奔了出去，留下尚未反应过来的老妈。

谁说一定要结婚？开心一天是一天。

大雅给尼康发了个微信，让他把宠物店的地址发给她。前几天，他们俩商量好了要去买一只松狮。因为尼康说松狮肉肉的，体型像大雅，垫脚会很舒服。

大雅和尼康在一起一年多，但还没有谈婚论嫁。此前在结婚这条路上，尼康走得太坎坷，所以他不说，大雅索性也把它悄悄藏在心底。

那一天，大雅刚到宠物店，立刻发了微信给我，“我到宠物店了，一会儿认领我的松狮”。我们在大学时就是好朋友，友情一直延续到现在。

尼康已经到了，看到在电话里跟老板预约的那只松狮正在呼呼大睡。他无奈用手推了推，居然没有醒。

而此时大雅忽然被旁边笼子里的一只棕色的小狗吸引了。

它不动的时候就像橱窗里的玩具公仔，黑黑圆圆的小眼睛正看着大雅，双方四目相对的那一刻，它忽然站起来，向大雅摇起了小尾巴。

“尼康，你看，这只狗竟然在光天化日之下向我献媚。”

“真的吗？那看来它智商不太高。”

尼康一边抓住大雅狠狠抛过去的抱枕，一边好奇地走了过来。

那是一只泰迪，在尼康走过来之后，它不断地上蹿下跳，各种献殷勤。

大雅看出尼康的眼神中有一丝不耐烦，连忙抢在他开口之前说：“我喜欢它，就要它吧！”

尼康诧异地看着大雅，愣了两秒，然后点了点头。

打开笼子后，它立刻趴在大雅的臂弯里，将自己最乖最可爱的一面展现出来。

“你好，欢迎你来到大雅身边。”

说实话，大雅从来没有养过狗。

COCO 是它自己选的名字。

原本大雅想给它起个更有个性的名字，比如“人民币”，或者“麦旋风”。

但 COCO 不喜欢，喊它也没反应。

COCO 是尼康想的名字，他只是随意说了句：“COCO，到爸爸这里来。”它居然就摇着尾巴跟了过去。这把大雅气坏了，看着那一人一狗的默契模样，她撕了那张自己花两天时间写满名字的纸。

COCO 的到来，简直像是给他俩添了个儿子，不，应该是“祖宗”！除了上班，其他时间他们都将它带在身边，甚至跟朋友聚会也不例外。晚上，它会和他们一起睡在床上，COCO总喜欢睡在他们的头顶，在夜里发出均匀的呼噜声。

可惜，好景不长，大雅和尼康走到了分手的地步。分手那天，大雅强忍着没有哭。

COCO缩在脚边，却一直用爪子挠着地板。

大雅低着头将COCO拉了起来，看着尼康拉着行李箱走出了门。

大雅的妈妈觉得算命大师的话是一语成谶。

大雅倒是看得很开，反过来还安慰她，说：“缘分不到，没什么好惋惜的。”

大雅在妈妈面前佯装坚强，但是每天晚上回到住处，却要独自面对难熬的寂寞。不过还好，她还有COCO。

突如其来的单身让大雅对身边唯一的伴儿——COCO的依赖急剧上升。

为了COCO，大雅推掉了很多聚会，有时候她甚至会在午休时饿着肚子跑回家，只为了看一眼COCO。

每次浏览新闻，看到有狗狗丢失或者出车祸的消息，大雅都会很担忧。为此每次出门，她都会紧紧地将COCO抱在怀里，生怕失去这个唯一的陪伴。

大雅的妈妈为她安排了很多次相亲，可她不想在不喜欢的人身上浪费时间。她多么希望下一个遇到的人，就是对的人。

遇到景然的那一天，她已经两天没洗头了。她正抱着COCO在公园里散步，COCO一直想跳出她的怀抱，但是大雅却死死地按着它，完全不给它“越狱”的机会。

“老实点，万一跑丢了怎么办，找不到家了哦。”大雅低头教训着怀里挣扎的COCO。

“其实小动物很喜欢大自然，你让它下来跑一跑，不会有问题的，放心吧。”

大雅抬起头，看见了景然。他推着轮椅，上面坐着一位老人。

“关你什么事。”大雅心里想，但还是礼貌性地回以微笑，并点了个头。

就在这时，COCO抓住机会，“蹭”地跳了下来，狂奔起来。大雅顿时吓得脸色骤变，“COCO，快回来！”

小巧玲珑的COCO一个转身，很快跑进了灌木丛，不见了踪影。大雅悲哀地想，她可能找不到它了。

愣了几秒钟之后，她忽然放声大哭起来，那声音如此洪亮，整个公园的人都听得到。

就在大雅哭得昏天暗地的时候，其实景然已在一旁抱着 COCO 无奈地站了很久，他找到了 COCO。轮椅上的老人向他摆了摆手，表示自己想一个人去旁边转转，手摇着轮椅离开了。

那一天，大雅哭得伤心极了，怎么也停不下来，好像是要把许久以来堆积在心里的不快都发泄出来。这是她最狼狈的一天，而景然竟然爱上了这样的她。

大雅恨不得将这段记忆从脑海中消除，她觉得实在太丢脸了。而在第二天，她的手机却收到了景然发来的消息。

“我叫景然，IT 工程师，父母是退休公务员。昨天你见到的是我的爷爷，我带他出来散心。我喜欢真实的女生，如果你觉得可以，并且没有男朋友，我们可以先做朋友试试看。”

大雅觉得，这实在是太直接了。她回想起自己丢人的表现，迅速扔掉了电话，不过仅仅过了一会儿，她鬼使神差地重新拿起了手机。

“我是大雅，家境跟你差不多，外贸公司职员。你的微信让我很意外，不过做朋友也没什么了不起，试试就试试。”

有一种爱情，叫渐入佳境。

从那则微信开始，大雅和景然就自然而然走到了一起。

我问大雅：“你一直担心下一段感情会再次失败，所以不敢轻易开始，为什么遇见了景然却这样确定？”大雅歪着头想了想，羞涩一笑，“不知道，想不清楚。”

其实，这世上有很多事情都是没来由地发生。就像大雅与景然的感情。

后来有一次，大雅和景然吵架了。了解原因之后，我不禁失笑。

原来，景然得知COCO是大雅与前男友共同养的小狗，有些闹情绪。比如他会在半夜忽然坐起来，将爬到他头顶上的COCO搬到床下去；比如他会在每次大雅对着COCO腻歪的时候黑下脸来，赌气地说：“我和狗，你选一个吧。”

大雅不理解，依然我行我素。

一天，大雅在公司加班，于是她嘱咐景然早点回家去照顾COCO。“好啊，我正好可以趁机扔掉它。”景然故意发来一句恶狠狠的话，还配上了一个拳头的表情。大雅不以为然。

晚上十点多，大雅拖着疲惫的身子回到家，却发现屋子里空无一人。她慌了起来，难道景然真的把COCO扔了吗？

她一边跑出门一边哭，直到在楼下碰见景然。他诧异地问她："怎么啦？它只是有点拉肚子，我带它去宠物医院看了看。怕影响你工作，才没给你打电话。"

大雅看着景然，心里涌上一丝暖流，冲上去一把抱住了他。

很快，他们就结婚了。

结婚典礼上，穿着婚纱的大雅，笑得一脸幸福。而 COCO 戴着领结，穿着西服，成了"撩妹高手"，很多女孩抢着和它合影。

在婚礼现场，最让大雅感动的是，景然在新郎讲话时竟然感谢了 COCO。

他深情地看着自己的新娘，说："感谢 COCO，陪伴我的新娘走过了生活的低谷，给了她陪伴和依靠，还充当了我们的红娘。"

那一刻大雅终于明白，景然从来没有真的嫌弃过 COCO，他的爱，广阔而绵长，那是值得她徜徉一生的爱情海洋。

如果还有来生

故事的主人公是我一个朋友的爷爷。他姓张，我们姑且就叫他张爷爷。

张爷爷与张奶奶一直是人们眼中的恩爱夫妻，明明年纪一大把了，却还像一对年轻的小恋人，闹些幼稚的小别扭，最后哭着和好。

当张奶奶因病离世后，张爷爷觉得自己的天都快要塌了。

他不是没想过这一天的到来，只是尚未做好准备。

张奶奶是因病去世，生病后，她在医院里住了一个多月。虽然那时候她已经快不行了，但只要有一口气在，张爷爷就心存希望。如今，这点希望也消失了。

因此，一向精神的张爷爷忽然就垮下来了，他一连两天不吃不喝，只是坐在院子里，呆呆地望向天空。

他的家人怕张爷爷就此一蹶不振，于是决定买一条导盲犬陪伴张爷爷。

张爷爷的眼睛不是很好，一只训练有素的导盲犬正是他需要的，只是这只导盲犬不久前脑部刚受了伤，目前来说，没有什么大的问题。

导盲犬的名字叫蓝蓝，是张爷爷取的。

张爷爷起初并不愿意理会这只导盲犬，他只是呆呆地坐在院子里。正是秋季，天地间都透着一种悲伤的气氛。当他睡着时，家人会把他推进屋内，而他醒来后，第一件事便是去院子里看天。

家人陪他讲话时，他总会问，张奶奶是不是已经去了天堂？家人说是的。于是他就会继续看着天空，眼中充满期待。

每次张爷爷坐在院子里看天时，蓝蓝就会坐在张爷爷的身旁，陪着他一同看天。

蓝蓝陪了张爷爷两天，到了第三天，张爷爷终于开口，要家里的护工给他点吃的。

得到这个消息后，大家自然是喜出望外，但他们也不敢多说，只是试探性地问张爷爷觉得身体怎么样。

张爷爷沮丧地摇了摇头："不好，糟透了，我不想吃，我想坐在这陪她。"说到"她"的时候，张爷爷再度看向了蓝天。

"可是我不吃，它就不吃，我不想杀生。"

家人琢磨了片刻才意识到张爷爷说的是蓝蓝。

世上竟有这么聪明的狗！主人不吃，它也不吃。

家人都庆幸他们做出了正确的事情，这只刚刚受过伤的导盲犬用自己饿肚子的方法，来引导张爷爷吃东西，这是带领张爷爷走出阴霾的第一步。

第二步，是要让张爷爷重新燃起对生活的热情。

张爷爷虽然年纪大了，但身体一直很硬朗。在他恢复饮食后，家人想带张爷爷出去旅游散散心，但都被他拒绝了。他的唯一活动仍然是坐在院子里看天空，不过，他现在经常会与脚边的蓝蓝交谈，表情平和。

就这样，在蓝蓝的陪伴下，张爷爷在院子里看了一个多月的天。

一个多月后，张爷爷终于会偶尔带着蓝蓝上街，有时候还会给家人买些菜。

那时候我的朋友还在读中学，朋友每次都会拿优异的成绩单来哄张爷爷开心。渐渐的，张爷爷也似乎走出了阴霾。

张爷爷从前是个坚定的无神论者，但现在他却相信灵魂的存在，他觉得是张奶奶派蓝蓝来陪伴自己的。

张爷爷在蓝蓝陪伴下见证了我的朋友考入大学、毕业、找工作、谈恋爱、结婚。

我曾经在朋友的婚礼上见过张爷爷一面，当时他十分开心，脸上洋溢出一股年轻人的欢快气息。

后来有一天，我的朋友忽然告诉我他的爷爷去世了。

朋友很伤心，我也很为他难过，我陪他回了老家，帮助他处理老人的后事。

据他家里人说，张爷爷是忽然离世的，毫无征兆。

本来这只是一个令人伤感的结局，但接下来的一件事，才真的让我震惊。就在我陪朋友回老家的第二天，那只陪伴了张爷爷十几年的导盲犬蓝蓝也离开了人世，也是毫无预兆地，忽然就离去了。

在张爷爷的葬礼上，当初帮张家人寻找狗的那个人也在。

他说这只导盲犬在来张家之前头部受了伤，可能活不过一个月。但当时张家着急买狗，他的手里又没有其他合适的狗，只好先把这只狗卖给了张家。他原本打算在这只狗死后立刻再找一条的。可他没想到，这只狗竟然活了下来，还活了十几年。

我一直不太相信奇迹，但我相信一些由巧合堆砌起来的浪漫。

或许蓝蓝多活了十几年只是巧合，或许蓝蓝的离世也只是巧合，但这两个巧合在一起，便组成了一个极其浪漫的故事。

这个故事叫作长相守。

爱，终究会成为往事

在生活中，许多人喜欢养宠物很大程度上是认为人与宠物之间的情感很简单，不会受到任何干扰。

而在狗狗们的眼里，主人没有高低好坏，一个亿万富翁和一个民工，狗狗看待他们的目光都是一样的，一样依赖，一样忠诚。

奶糖曾经认为自己是个无比幸运的人。在这个世界上，她拥有过一段美好的情感。

她跟葡萄是高中同学，那时候她与葡萄在班级里仿佛是“正负”两极。奶糖喜欢动，葡萄喜欢静；奶糖成绩一般，葡萄成绩顶尖；奶糖很有冒险精神，而葡萄则总是小心翼翼。

他们在不知不觉中被对方吸引，很快走到一起。

毕业之后，葡萄考上了北京的一所著名大学，而奶糖则打算自己去学做生意，于是他们一起到了北京。

在北京的第一年，奶糖找到了一份在服装店做导购的工作，她年轻，嘴又甜，很快便在店里站稳了脚跟。两个人租了一个与学校和服装店距离都差不多的公寓，租金主要由奶糖出，毕竟葡萄还是个学生，而奶糖却已经参加工作赚钱了。

奶糖很爱葡萄，她相信葡萄必定同样爱她。葡萄这个外号是奶糖取的，她觉得葡萄像红酒，散发着醇香，可又不如红酒那般透着岁月的沉淀之美，更像是尚未酿成的红酒，那么便是红酒的最初形态，葡萄吧。

后来，奶糖与葡萄决定养一只小狗，她给这只小狗也取名为葡萄。

一个大葡萄，一个小葡萄，她都爱。

决定养小狗是奶糖的主意，在她的预想里，葡萄毕业之后，他们是要在北京结婚的。目前她努力工作，也是为日后结婚攒钱。既然结婚，那么就要养小孩，为了以后能在养小孩时顺顺利利，奶糖决定先养一只狗试试看。

虽然养狗与养小孩完全不同，但在某些方面也算有点相通吧。

葡萄学业繁忙，每周只回到出租房住一天，因此养小葡萄的任务就落在了奶糖的身上。

奶糖没有继续学习，因为她想在社会实践中增长本领，她在服装店里一边做导购，一边学习做生意的技巧，学习如何处理客户和产品相关的问题。在做导购的期间，时常有一些男客户对她示好，但她每次都会暗示自己有男朋友。整个店里的人都知道，奶糖的男朋友是个名牌大学的学生。

小葡萄被奶糖照顾得非常好，它白色的长毛总是被奶糖梳理得无比柔顺，奶糖还精心地给它系上好几个蝴蝶结，一只小公狗倒被养得像个小公主了。

这样的日子过去了一年，奶糖的生活正慢慢步入正轨，她由于业绩优秀而荣升为店长，薪水翻倍。葡萄虽然没能拿到奖学金，但每一科都顺利考过了。在奶糖的设想中，四年后他们必然能在北京建立属于他们自己的小家庭。

只不过，事情并不能永远如人所愿。

从葡萄升大二那年开始，他便很少回到出租房里了。每次奶糖发消息询问，他的理由往往是要打工，或者功课太繁忙。奶糖知道葡萄的专业读起来很累，为了不让葡萄太过分心，她也不再给葡萄打电话或者发消息。她相信葡萄有时间必然会回来。

虽然奶糖也可以去学校看葡萄，但是她担心她的到来会影响葡萄的学习，而且奶糖自己店里的事情也很忙，她一直希望能有更好的业绩。集团已经看出奶糖身上的潜力，有意培养她出国进修，但奶糖顾及葡萄这边，一直没有接受集团的好意，哪怕他们一周只见一次面，也比常年见不到要好啊。

小葡萄是只很贴心的小狗。奶糖觉得最可爱的小孩子也就是这样吧，看到你伤心时会在腿边蹭蹭，看到你心情好时会来对你撒娇，当你需要安静时便静静地陪着你，当你带它出去玩时便比谁都开心。

时间久了，奶糖甚至都不知道该如何把葡萄塞进她与小葡萄的生活中了，她和小葡萄生活得无比和谐，葡萄如果加入反而会打破这种和谐。

想到这里，奶糖摇摇头，觉得自己真是太可笑了，有葡萄的人生才是完整的。在内心里，她始终是这样告诉自己：没有葡萄的人生，便什么都不是了。

所以一年后，当奶糖收到葡萄的短信时，她只觉晴天霹雳。

那天她刚刚下班回到家，小葡萄兴高采烈地跟奶糖亲近了一会儿，便去吃奶糖新买回来的狗粮。这时候奶糖收到了一条来自葡萄的短信，内容很简单，也很直白：我们分手吧。我的东西你可以留着，也可以扔了。

奶糖只觉眼前一片黑，大脑一片空白。

她颓然倒在沙发上，小葡萄看到后，跑过来趴到了奶糖的腿上，睁着大眼睛望着奶糖。

奶糖感到仿佛自己整个身体都被定住了。过了许久许久，当她终于意识到发生了什么时，泪水开始夺眶而出。

她不停地哭，不停地哭，她抱着小葡萄，像是抱着生命里唯一的一根稻草。

也不知道究竟哭了多久，直到哭累了，她才开始躺在沙发上，回顾过去的一切。

其实早就有预兆了不是么？当他开始对她讲那些她听不懂的物理学的笑话，当他开始找各种理由不回家，当他开始在朋友圈屏蔽她，当他开始对她的电话不耐烦。

她心里其实一直有感觉，只不过她选择逃避，选择用工作来避开这些问题。如今，这个问题终于摆在了她的面前，让她不得不去面对。

这天晚上，她抱着小葡萄睡了一觉。第二天早晨醒来，她觉得昨天的一切像是做梦，然而当她拿出手机，上面那条短信再次提醒了她这一切都是真实的。

奶糖觉得自己有必要回复一下这条短信，她想了很久，最终只发了一个英文单词："farewell."

这是最能表达她心情的一个词了。她不能回复再见，因为两个人很可能不会再见了，也不能回复永别，那样看起来像是她伤心欲绝了。她要用这个单词来表现自己云淡风轻的姿态。

此时，她无比感激短信这种通信方式，因为隔着手机屏幕，对方只能看到她的云淡风轻，却看不到她在发完这个单词后再次失控痛哭的模样。

曾经她以为小葡萄是她与葡萄的爱情见证，但当爱情结束，她发现自己对小葡萄的情感却没有丝毫变化。原来从一开始，小葡萄就与爱情无关，它只是一只可爱而贴心的小狗，与葡萄一样，都是奶糖生命里重要的一部分。如今，葡萄既然离开，那么奶糖的生命里便只剩下小葡萄了。

奶糖已经忘记了当时她究竟哭过多久，多少次在午夜梦回时回到爱情的最初。然而，逝去的一切终究要结束，奶糖还是要站起来。

她接受了公司要送她出国培训的建议，在那里，她学习了商务方面的专业知识。事实证明，她当初没有直接考大学，而是先在社会上寻找到自己的位置，再根据这个位置来选择自己继续学习的方向，这个选择是正确的。

她出国学习了三年，交到了许多新的朋友，但是陪伴她最多时间的仍然还是小葡萄。当奶糖带着小葡萄回国，再入职时就是集团下属公司的总经理了。她知道自己的人生才刚刚开始，过去的痛彻心扉，已经化为回忆中的一团烟云。

回忆起过去的点点滴滴，奶糖想到最多的便是小葡萄那张可爱又温柔的脸。或许有时候人与狗之间的关系会比人与人之间的情感更加真挚。

而奶糖知道，不论未来会发生什么，她与小葡萄注定是彼此最温柔的陪伴。

第6话

距离太远，我怕追不上你

主人驯养记

斯德哥尔摩综合征患者

如果时光倒流

天堂旅程

主人驯养记

小舞捡到小狐的地方，是在他家附近的一个公园内。当时小狐受了伤，一群人围着，都觉得这只白色的小狗肯定快死了。小舞也好奇地围了过去，只见小狗气息微弱，不知还能坚持多久。

听围观的人说，这只小狗是被一个骑摩托的人给撞倒的，它的主人没有出现，可能是被遗弃了。

小舞有种错觉，总觉得当时这只小狗正在看着他，可能指望他能做点什么。

于是，小舞走上前，抱起了这只奄奄一息的小狗，奔向公园大门外，叫了辆出租车。

出租车上，小舞的白色衬衫被染得鲜红，但小舞并没有注意到。那时候他的脑子里唯一想的是，这只小狗说不定能捡回来一条命。

到了宠物医院，经过一番救治，小狗的命真的被抢救回来了。

可小舞并没有养宠物的打算，不过救过来的小狗根本无处可去，他只能先把它带回家。

第二天，小舞把小狗的照片发在了本地的各个宠物论坛上，并去查找那些寻狗启事。但令他失望的是，既没有人主动找他要狗，他也没有在那些寻狗启事中找到这条小狗的身影。

无奈之下，小舞只能继续将小狗养在身边。

他给小狗取名小狐，因为他觉得它的脸像极了一只小狐狸。

小狐在小舞的家里待了三个月。家里人都不同意小舞养狗，可是三个月过去，小狗的主人完全没有半点音讯。而小狗的伤势已经好得差不多了，它也渐渐变得活泼起来。

小舞不愿意做一个无情的抛弃者，他决定带着小狐出去租房子住。

但是，他原本经济宽松的日子，现在却因为房租而过得紧巴巴的，这让他有点迁怒于小狐。他觉得自己本来只是一个好心的路人，可现在整件事情的发展却远远超出了他的预期。

小舞并不懂得怎么养狗，他的原则就是他吃什么，小狐就吃什么，他过什么日子，小狐就跟着他过什么日子。

小舞喜欢打游戏，下了班，他一般会甩给小狐一块面包，自己啃着一块面包，然后就坐到电视机前，开始打游戏。

他打得很是投入，几乎忘记了周遭的一切。每当他通过一关之后，他就会欢呼起来。有次他一转身看到正坐在角落里啃着面包的小狐，他就走过去一把抱起小狐，另一只手捡起装着面包的狗盆，然后带着它们一同来到电视机前。

“你老大再给你通一关看看！”

也不知从什么时候开始，小舞喜欢在小狐的面前自称老大，而每次当小舞说老大怎样怎样时，小狐也会十分配合地汪上两声。

于是，这场游戏变得有意思起来了。每次过关了，他会带着自己的“小弟”一起欢呼，而当过关失败，他会十分沮丧地拿起面包啃上一口，一旁的小狐也很自觉地低头啃起面包来。

小舞打游戏打了这么多年，还是头一次体会到与人共享游戏的快感。当然，小狐并不是人，但是小狐能够与他的欢乐产生共鸣，也能与他的沮丧产生共鸣。他开始觉得，与小狐一起生活，没什么不好。

然而有一天，当小舞想抱起小狐与他一起玩游戏时，却发现小狐根本就挪不动步子。它蜷曲着躺在自己窝里，怎么看都像是生病了。

他于是抱着小狐去了宠物医院。

到了医院，医生告诉他，小狐是吃坏了东西，以后要科学喂养，买正经品牌的狗粮。医生的话让小舞觉得羞愧，因为他从来没给小狐买过狗粮。

他只是不能理解，怎么一只狗吃的比人还要贵，还要好。

可是再怎么不理解，只要想起小狐蜷缩成一团的可怜样子，他就放下一切坚持了。

他给小狐买了狗粮，比他自己常吃的饼干还贵。他还买了两本关于喂养宠物狗的书。

在书里，他得知小狗需要定时喂养，不能再像之前那样，随便选个时间，随便给它吃上几口。

其实对他自己又何尝不是如此呢？喂养小狐的过程，也是在调整自己的过程。小舞没想到，搬出来后，自己的生活比之前规律了许多，这都是托小狐的福。

并且，小舞还发现了一个事情，就是每到喂食之前的那段时间，小狐的心情总会变得格外好，仿佛它自己有一个生物钟，知道自己即将获得食物一样。这样的表现，让小舞不敢错过任何一次的喂食时间，只要想起小狐开开心心等待食物的样子，他就很高兴。

当时小舞并没有意识到，自己的生活习惯在不知不觉中被小狐改变了，而他的情感，更是时刻被小狐牵动着。

他撤掉了曾经发布的所有寻找小狐主人的消息。他从最初的希望找到小狐的原主人，变成害怕找到原主人。而他自己也不清楚，他究竟是害怕离开小狐，还是害怕原主人不会如自己一样，对小狐的喜怒哀乐足够在意。

朋友们都说小舞就是童话里那个小王子，只不过故事是反过来的。这一次，是小狐狸驯养了小王子。

斯德哥尔摩综合征患者

我哥有一个朋友是个东北人，叫作大风，人高马大，长得很帅，在篮球场上是王牌战将。在我们的认知里，他生活得十分潇洒，似乎这个世界上没有什么东西能让他低头服软，就连他的女朋友，在大多数的事情上都很难拗得过他。

他是那种被父母从小宠到大的人，一路走来人生顺遂，没受过什么委屈。我们都很喜欢他，喜欢他的高大帅气，也喜欢他的随意任性，大概是因为他是我们大多数人最希望成为的那种人吧。

在我开始养小二的半年之后，有一天我哥约了他去球场打球。因当天无事，我带着小二也去了球场。通常球场上带狗的只有我一个，可就在那一天，他竟然也带了一条漂亮的萨摩耶来。

当看到他带着只萨摩耶走向球场时，我们几个立刻围了上去，问他是什么时候养了只狗的，竟然连个口风都没透过。

“不是我的狗。”大风回答的时候满脸痛苦。

“那是谁的？”

“慧儿的，她在医院加班，我就只能带它来这了。”

慧儿是大风的女朋友，她是个护士，平时特别忙。

“你女朋友什么时候开始养狗的？没听说啊！”

“三天前。”大风苦闷地说，“也没跟我说过，忽然就把这只狗领到我的面前。你们说，她一个当护士的，平时不是加班就是加班，养只狗给谁带呢，不就是给我吗？”他越说越郁闷。

“那你可以让她把狗送人啊。”

大风支吾了半天，最后他看着腿边的萨摩耶，十分没底气地说了句：“养都养了，怎么送出去啊，多可怜。”

我们几个互相对视一眼，都露出了意味深长的微笑。我不知道别人是怎么想的，但我算是看出来了，这只狗就是慧儿养来对付大风的。

慧儿温柔贤惠，我们一直觉得大风有这么个善解人意的女朋友，十分难得。但是有时候，我们也觉得大风对慧儿有一点过分。他常常说一不二，几乎不给慧儿争辩的机会。大家在一起的时候，有时候我们能明显看出慧儿有点不高兴，但最后她还是选择了妥协。

可一直这样让步也不是办法，我想这就是慧儿养狗的原因，让大风学会体谅他人。

大风任性归任性，人却特别善良，或许慧儿正是看准了这一点，知道大风不会抛弃这只狗，所以才决定养它。她自己的工作很忙，没有什么时间去陪狗，那么养狗的责任必然就落到了大风的头上。

那天之后，我们的球场上便多了一只狗，从一只狗变成了两只狗——我的小二和大风的萨摩耶。在他们打球的时候，两只狗便在一起追逐玩耍，形成一道有趣的风景。

事实证明，慧儿的眼光绝对独到，这只萨摩耶不是一般的萨摩耶，它分明是一只“女王”啊！

比如，它只吃一种品牌的狗粮，其他任何品牌都不吃，哪怕饿到浑身没力气也不吃。而这个品牌全市只有一个商店有卖，大风必须要绕过大半个城市才能给女王买到口粮。它还喜欢吃红烧肉，可慧儿没有时间做菜，大风只能从零学起，开始下厨房做红烧肉给它吃。

再比如，女王喜欢睡软软的大床。虽然它有一个十分舒适的狗窝，可每天晚上睡觉前它都会精准地抢占有利位置，然后将可怜的大风挤到沙发或者地板上去睡觉。

据我们所知，自从女王到了大风的家里，大风几乎没在自己的床上睡过一个舒服觉。

后来，有一次打球，一向发挥良好的大风竟然一次都没投中，才打到一半他就不打了。我们问他是不是生病了，他说是因为最近都没睡好觉。

“这只狗这么折磨人，你就不能跟慧儿商量一下把它送走吗？”

大风沮丧地坐在长椅上，有气无力地说：“我不是说了，养都养了，送人多可怜。”

“现在看起来是你比较可怜啊。”

“我再怎么也是个一米八七的大男人，它再怎么嚣张也只是个小动物啊。”

“那你就治治它，不能让它对你这么嚣张。”

“你以为我不想啊。”大风无奈地扶着额头，“可每次我态度稍稍强硬一点，它就装出一副可怜模样，我于心不忍，让让它就罢了。”

别看大风一直痛苦叫屈，但我看他是乐在其中。他一方面被女王折磨着，可另一方面却又无底线地妥协，就如同慧儿对他妥协那样。所以说慧儿这一着棋下得实在太妙。

我一直都没搞明白，大风和慧儿这对恋人之间，到底是怎样的一种关系。我们都以为慧儿是弱势的那一方。

可有一次我跟大风聊天，问他打算什么时候结婚时，他的回答却出乎我的意料。

“这事儿得看慧儿，只要她想，我随时可以。”

“你是说现在是慧儿不想结婚？”我讶异地问。

“对啊，你以为呢，我跟她提了好几次了，可每次她都说我们条件还不成熟，还要再看一看。”

他这么说的时候，眉头皱着，苦恼万分。表面上看，慧儿是爱得卑微的那一个，她却又是更加理智的那一个。他们年纪都不小，而结婚需要的一切物质准备都已备齐。慧儿说他们条件不成熟，应该是指大风还不是一个可以胜任丈夫甚至父亲角色的人，她需要一个更加成熟、能负担起家庭重任的大风。

或许女王的到来只是慧儿对未来家庭的一种测试吧，她需要看到大风的责任感和爱心，需要看到他能为家庭付出多少。

在女王走进大风生活的几个月后，我们明显看到了大风的变化。那个没事就到处玩的大风，开始变得居家了，甚至他整个人都变得谦逊起来。

我们一直开玩笑，说他被女王驯服了，他却说是女王让他发现了许多过去没发现的看待生活的方式。

“那是肯定的啊，床下的视角与床上就是不一样，对吧。”

“我知道你们讽刺我，但是你们还真没说错。”大风吸了一支烟，他平时在家里不敢抽烟，怕对女王不好，更怕被慧儿发现，“表面上看起来，我是在被女王虐待。可是它虐待我，是因为它需要我。”

“你知道你这叫什么吗？你这叫斯德哥尔摩综合征。”有个朋友好笑地说，“就是谁越折磨你，你就越对谁好。慧儿对你那么好，你却总对人家吆五喝六。”

大风继续吸烟没再说话，我觉得大风的气质变得有些深沉了，这可能是太久没碰到床垫累的，也可能是生活状态的改变让他产生了新的思考。

不久前，我听说大风与慧儿终于确定了结婚的日子。慧儿这么聪明的一个姑娘，如果决定了结婚，就说明她已经考察得很清楚了吧。

我并不知道慧儿的心里是怎么想的，对大风作何看法。一个能把一只狗照顾得无微不至的人，大概也能照顾好一个家庭吧。

如果时光倒流

现代生活的快节奏有时会让人觉得忙碌而疲累，而我再忙也不会怠慢小二。除了每天的一日三餐和散步，每个周末我都会带它去楼下的宠物中心洗澡和美容。小区里养宠物的人大都会选择这家宠物中心，来来回回也都熟识了。可是今天我却遇到了一张陌生的脸。

他与我一同进入宠物中心，身旁的狗比我曾见过的所有狗都要老。通体毛皮是淡棕色，沾满了泥，左前腿脚掌内翻，像是被人打瘸了，肚皮松垮垮，全身上下的毛东一块、西一块，不知是得了红斑狼疮，还是其他什么病。

不一会儿，宠物中心的小姐姐们过来接待我们，她们很快从我手里接过小二抱到里面去洗澡了。我在大厅的沙发上坐着等。男子低声跟接待的小姐姐说了些什么，交谈了一番之后，小姐姐把老狗送到里面，男子很快转身离开。

小二每次洗澡要一个小时左右，平时我都是玩会手机打发时间。今天是周末，宠物中心很快就来了很多人，我讨厌嘈杂，便起身到门外找个地方等会儿。

在一棵树的阴凉下，我看到了刚刚那个男子，他二十出头的样子，看起来却很沉稳。我在不远处坐下，男子并没有抬头看我，表情凝重地一直念叨着什么。突然他声音大了些，语气中透着无限悲伤："我对不起它，我这样做到底是对还是错呢？"他好像是对我说，又好像自言自语一样。

我愣了一下，没敢接话。他抬起头看着我，接着说："你知道吗？我刚把它送去安乐死了……"我心里咯噔一声，听出他声音里的难过。

"医生说它肚子里长了一个肿瘤，无法医治。而且它年纪太大了，活一天痛苦一天，我很心疼，所以只能这么做，希望它能平静而没有痛苦地死去。"他攥紧拳头咬着牙对我说。

我突然想到假如小二也有这么一天，不知道自己是不是有勇气以这样的方式来给它最后的爱，我更不知道这到底是不是爱。“我相信你是爱它的。”我也不知道自己为何如此认为。

男子眼里闪着泪光，呆呆地看着我，好像我触及了他内心最真实最柔软的地方。接下来，他给我讲了这条老狗的故事。

他叫小丁，二十一岁，是一个大学生。小丁与老狗认识已经有八年了，刚认识的时候小丁十三岁，老狗七岁。

小丁上大学之前家境不怎么富裕，住在一直要拆迁的老城区，那里都是些平房院落。小丁家住在巷子尽头，老红砖裸露，黑色的小瓦和破旧的门板分不出颜色，土色的青苔长满院子每个角落、围墙，两扇锈迹斑斑的大铁门上挂着三四把大锁。

院落里倒是收拾得很整齐，堂屋大门永远开着，堂屋里头，永远叠着一大摞一大摞的硬纸板——屋主是一个老头，靠捡垃圾为生。

那时候老狗也不老，只要大铁门敞开，它可以随意进出，自由活动。大多数时间它和屋主互不妨碍，天晴时它在铁门边晒太阳，下雨时它在屋檐下打小盹。

老狗是家里的一分子，是除了吃饭什么都不用操心的好成员，并没有得到宠物的待遇。所以老狗的毛发已经长得拖到了地面，每逢下雨天，满肚子都是泥。

它有时回家迟了，老屋主人也不等，出门便落了大锁，把院子锁得牢牢的。它也懂主人的不便，回家后只乖乖蹲在大铁门前，任谁唤也不理，眼神里满满都是提防和警惕。

第一次遇到老狗时，小丁正在巷子里玩耍。他看到老狗照例被锁在了没有屋檐的大铁门外。这里冬季的风很冷，老狗冻得瑟瑟发抖。

老狗就在门口趴着，看起来精神很是萎靡，像是饿了好久一样，完全没有大狗的凶样。

于是，小丁从屋内的垃圾桶里翻出一些骨头，扔给了老狗，它就那么趴在地上啃着。小丁突然感到一种满足感油然而生，他就待在旁边看着老狗傻笑。

那时，小丁的性格内向懦弱，经常被附近的孩子们欺负，只有老狗永远等在小丁家门口，陪他一起玩。

以后的日子，每次吃完饭小丁都会将桌上的骨头收集起来，然后送给老狗吃。

这样的日子久了，老狗一见到小丁拿着碗出来，就会嘴里淌着口水，很热情地摇着尾巴迎接小丁。再后来，每到吃饭时间，他定能在门口见到老狗的身影，小丁开始以为老狗是巷子里的流浪狗，几次想把老狗领回来养，可每次都被父亲厉声赶出门。

后来有一天，小丁看到大铁门打开了，而老狗却只是在门口趴着。小丁的妈妈对小丁说那个老人下雨天被车撞死了，房子留给了他的儿子。

老人去世后，老狗就被老人的儿子养在他们房子旁的一间柴房里，满屋子的稻草和木头，看起来冷冷清清。每逢下雨，老狗总会站在柴房门口盯着落下来的雨发呆，只有看到小丁的时候才会满心欢喜地跑过来。

有天夜里老狗发出了惨烈的叫声，引来巷子里其他狗跟着狂吠，小丁跟着父母一起出来时，老狗已经被绑着扔在了他们家的门口。老狗像是被电击过，正奄奄一息地抽搐，老人的儿子拿着一根木棍径直走向它，而周围围了许多看热闹的人。

人群里一个小孩哭着说曾看到老狗咬了小丁的手，他的父母跟其他几个孩子的家长都担心自己孩子会被老狗咬，纷纷来找老人的儿子，希望他不要再放老狗出来。那天老人的儿子喝了酒，听到这些就头脑一热，承诺要当面把老狗解决了。

小丁的父母听到后，赶紧问小丁怎么回事。

“它是我的朋友，怎么会咬我，它是跟我玩呢。你们赶紧跟他们说不要再打老狗了。”小丁跟父母解释道。

但小丁的父母还是很担心，害怕老狗身上有细菌，会沾染给小丁，就呵斥小丁回家去。小丁看到老狗向他投来乞求的目光，可他还是懦弱地被他妈妈带回了屋里。

那天晚上，老狗被毒打了一顿，惨叫声不绝于耳。

小丁再见老狗的时候，它身上的毛被蹭去不少，有几个地方甚至露出红红的血肉，让人惊心。受伤后的老狗常常低声呜咽，每每听到它的声音小丁总会跑开，他怕继续听下去会流出泪来让人笑话。

不久后老狗就恢复了活力，伤口处也长出了新的绒毛，但是被打断的腿已经瘸了。它还是喜欢趴在小丁家门口，尽管有时并没有骨头让它美餐一顿。

小丁自此对老狗心存愧疚，老狗也彻底成了流浪狗，他家门口的台阶成了它的新家，但是它从不越界半步。

小丁从初中生变成了大学生，老狗也渐渐到了迟暮之年。小丁上大学后住校，只能周末回来看看老狗，很庆幸，它一直很健壮地活着。小丁从窗户往外望就能看见老狗的“窝”—— 一块冰冷的水泥地，它每天就这么趴在地上，身上的毛渐渐脱落，风一吹，狗毛四处飞舞。

后来那片老城区拆迁了，小丁几次放假回来都没有找到老狗，他以为老狗寿命已尽了，直到那天在附近的垃圾桶边再次遇见老狗。

尽管小丁从未给过老狗一个家，可是老狗却一直等着小丁回来，守在那里，那个它认为的家。

说着说着小丁就哭了。他说，如果时光可以倒流，他一定会给老狗一个家，让它不至于流落街头，就像老狗一直守着他一样，他也会守着老狗，直到它老去、死去。

我想，在生命的最后，老狗或许是心无遗憾的。小丁的陪伴来得迟了些，但那些曾经相处的点滴，却会在某个人的回忆里闪闪发亮。

希望老狗一路走好。

天堂旅程

这次的故事是大雅告诉我的。

COCO 虽然体型娇小，但是常常摆出一种霸道总裁的架势，只要看见喜欢的对象，就会毫不犹豫地扑上去。

与尼康分手的那段期间，大雅常常精神恍惚。有一次，她就丝毫没有留意到 COCO 以百米冲刺的速度跑走了。

当她惊慌失措地追上去时，COCO 已经摇着尾巴扑向了它的目标—— 一只博美犬。大雅认识这只狗和它身旁的主人，她是王奶奶，也住在这个小区里。她和老伴养了一只纯白色的博美，名字叫奶油，白色的毛柔软浓密，像个绒球一样。

“王奶奶，你也来遛狗啊，今天怎么不见王爷爷？”大雅上前打招呼。半个多月没见，王奶奶好像衰老了许多，头上的白发似乎也多了不少。每当看到她，大雅都会想起自己在家乡年迈的奶奶，内心涌起一丝心疼。

王奶奶和王爷爷都有七十多岁，两人感情甚好，通常每天傍晚会出来散步，顺便带奶油放风。王爷爷腿脚不好，时常落在王奶奶和奶油身后。每每这时，王奶奶就会停下来等他，奶油也很乖，还会跑回去跟在王爷爷身边。王爷爷总是不好意思地笑着说：“又让你们等我”。

大雅很羡慕这样的感情，希望今后也可以遇到这样的爱情。

“你王爷爷他上个星期进医院了……”王奶奶说着，难掩眼中的悲伤，奶油在王奶奶身边蹭了蹭，像是安慰。

大雅一时间不知道该说些什么，觉得自己的那些小心事都算不上什么了。

王奶奶在旁边的长椅上坐下，大雅坐在旁边陪了她一会儿。在大雅失恋的那段时间里，她们经常一老一小这样坐着，旁边跟着两条在一处胡闹的狗。

奶油的故事王奶奶跟大雅说过好多次。每次说起来，她眼底都带着笑意。

65岁生日那天，她收到了一份特别的生日礼物——一只通体雪白的小狗。

三个月的奶油一身绒毛，又细又软。王奶奶试着挠挠它的小肚皮，它就高兴得躺在地下撒娇，伸出粉红色的小舌头舔了舔王奶奶的手，王奶奶顿时笑得满脸皱纹都开了花。

“老天担心我太聪明了，偏要让我小脑萎缩。以后我走路不利索，陪你散步就靠它了。”

“老头子，你可别瞎说！你不陪我，难不成我还能指望它？”

王奶奶瞪了老头子一眼。

“别小瞧它，这小崽子可聪明着呢，以后就靠它帮我照顾你了！”

王奶奶气得歪了嘴，一边又热了毛巾给病床上的老伴擦脸。

这些年里，王爷爷住了数不清的院。王奶奶刚刚过完生日就陪他来了病房。

王爷爷比王奶奶大两岁，从年轻时就嘴贫，笑起来总是没心没肺的，脾气又倔，总爱惹王奶奶生气。王爷爷爱看王奶奶生气时噘起的嘴，他说：“你这样真好看。”

王奶奶红着脸，气急败坏地端着盆出去，嘟囔道：“老了还不正经，赶紧回家，小心奶油长大了不认识你。”

王爷爷是医院的常客，医院和家两头跑。奶油小的时候，王奶奶每天都小心翼翼地把牛奶倒在手心里，一点点喂它。王爷爷在旁边看着，竟然吃醋似的赌气，怪王奶奶对奶油太上心，把自己冷落了。

看着王爷爷貌似认真的样子，王奶奶就会说，那把奶油送人好了，此时王爷爷又会坚决表示不允许。

奶油慢慢长大了，每天吃过晚饭后，王奶奶就牵着狗，搀扶着王爷爷下楼去遛弯。大雅每每看见，就会想到“最美不过夕阳红”这句话，执子之手，与子偕老，便是如此了吧。

奶油来王奶奶家已经六年了，从小线团子长成了一个小肉球。它浑身的毛又软又长，白得发亮，两耳尖尖竖起，昂首挺胸，老是上蹿下跳，很是灵活。它会自己上厕所，还会帮王奶奶叼着垃圾扔出来。他们彼此照顾，更像是一家人。

最近，王爷爷中了风，不清醒时说不出话，清醒时说的却只是些零零散散的词。王奶奶每天都往医院跑，有时候天黑了从医院回家，走在偏僻黑暗的小巷子中，奶油就会紧紧跟着王奶奶，一发现什么可疑之处就发狠地狂吠，露出尖锐的牙齿。

而当它在医院门口等待的时候，王奶奶总会摸摸它的头。

“奶油，等着。我一下就出来。”

奶油温顺地坐下，顺势躺在地上要挠挠，一定要撒完娇才肯放人。门卫大爷看奶油乖巧，也很愿意帮忙照看。

王奶奶年岁渐渐大了，眼神也不太好，她的儿子心疼老人一个人在家，想要把王奶奶接到自己家里住，也方便照顾。可孩子对狗毛过敏，不能把奶油一起带过去。

王奶奶不肯。

“我走了奶油怎么办？”

儿子只能说服王奶奶先把奶油寄养在宠物中心。

王奶奶答应去儿子家小住几天，权当散散心。奶油被送走的时候一直撕心裂肺地叫，王奶奶哄了好久才停下来，最后两眼泪汪汪地目送王奶奶走了。王奶奶说那时候不知怎么自己也哭了，看着心疼。

王奶奶去了儿子家后，过得并不舒服，儿媳三天两头闹脾气，跟儿子不断吵架。她想帮着做饭，儿媳嫌她老眼昏花做得不干净，她想带孙子出去溜达溜达，儿媳又怕她照顾不好孩子。王奶奶不想给儿子添麻烦，住了不到一个星期，王奶奶就以自己喜欢清静为由，回到了自己家里。

去接奶油回来的时候，奶油发了疯似的从宠物店挣脱了绳子跑出来，踮着脚站起来抱着王奶奶的腿欢喜地摇着尾巴。那一刻，王奶奶也笑了。

奶油回来后，又恢复了之前的活泼。

儿子想请护工，可王奶奶怎么也不让。

“我有奶油，怕什么。煮饭对我来说没问题。省下的钱，给老头子治病。”

王奶奶小心翼翼地用电用水，“老头子已经够让人操心了，我没事。”

她一个人住，但是有奶油陪着，心里也是安定的。

因为眼神不好，王奶奶做菜要么太咸，要么太淡，除了给老头子煲的骨头汤，还是那么鲜美，香气扑鼻。老头子每次喝都满脸笑容，干瘦的身子仿佛也有了不靠枕头就能坐起来的力量。

一天深夜，王爷爷突然昏迷了，医生下达了病危通知书。

接到儿子的电话后，王奶奶一下子就瘫坐在地上抱着奶油哭。奶油默默地舔去了王奶奶苦涩的泪水。

王奶奶如往常一样，穿戴整齐，手上拎着刚刚炖好的骨头汤，带着奶油，拄着竹棍出了门。

深夜两点，外面一片寒凉。整个世界都陷入沉睡之中，除了零星的车辆和行人。

儿子的车停在马路对面，王奶奶准备过马路。

突然，一辆银色的小轿车从右边冲了过来，奶油一边狂叫着，一边咬着王奶奶手里的竹棍。王奶奶向后摔了一个趔趄。

只听“嘎吱”一声，小轿车刹不住车转了向，却冲倒了奶油，竹棍也飞了出去。

等王奶奶昏昏沉沉地醒来，屋子里有些昏暗。

她仿佛听到缓慢而熟悉的呼吸声，一双熟悉无比、皱巴巴的手拉住了她的左手，那么温暖。

她听到了哽咽的声音。

“奶油，奶油。”

声音很轻、很慢，像穿越了一生的时光。

她紧紧拉住那双手，她似乎还听到了奶油清脆的叫声，回荡在耳边。

出嫁前的一个周末，大雅找了搬家公司来搬东西，这才再次见到王奶奶。

COCO 一直在旁边上下乱窜地捣乱着，大雅没有办法，只好将它交给王奶奶照看片刻。

临走时，王奶奶有些依依不舍，大雅看着她湿润的眼眶，也不禁哽咽。

“你说，奶油去了天堂吗？如果你王爷爷也去了，剩下我孤零零的怎么办？”王奶奶说着，大雅好不容易克制住的泪水滚滚落下。

她好想回答：“不会的，王奶奶。王爷爷会好起来，他会一直陪着你。”可这句话如鲠在喉，什么也说不出来。

大雅轻轻抱了抱眼前的老人，轻声说：“奶油会在天堂默默守护您的。”

后　记

现在人们越来越注意到了宠物对人的作用。它们就像是我们心中的一面镜子，照出了我们的软弱和孤独，也带给我们光明和温暖。

“汪星人”与人类的亲密关系，已不再是简单的依存关系，而上升到了科学高度。有专家说：“当你感到有压力和紧张时，跑步、听音乐、吃东西……都不如弯下腰摸摸脚下的狗狗来得实际。”

但很多养过狗的人都曾体会过别离，与它们分离或永别的疼痛是很多人不愿意养的原因。

不管怎样，无论是否有过伤痛，那些曾经的美好和甜蜜，都真真实实地存在于我们的回忆中。我们总是强调狗的一生只有我们，但是我们的某些情感又何尝不是只有它们才能填满。我们对它们可能只是物质上的给予，而它们对我们却可能是心灵上的救赎。